이놈의 집구석
내가
들어가나봐라

글 · 그림
글쓰는 청소부 아지매와
모모 남매

이놈의 집구석
내가
들어가나봐라

우리에게도 봄날은 올까?
상처투성이 가족,
서로에게 댓글을 달기 시작했다

베프북스
Best Friend Books

처음 만났을 때 그는 가족에게 쓸모 있는 역할을 하느라
청춘임에도 등짐을 진 듯 힘겨워보였다. 그럼에도 이미 쓰고,
읽는 것이 희망임을 알았던 아들, 그가 길잡이가 되어
온 가족이 몇 년 간 읽고 쓰는 인식의 시간을 보냈다.

그 후, 5년. 왕따였던 동생, 모모는 사회복지사가 되고
공공근로 청소부인 어머니는 '글 쓰는 청소부 아지매'라는
새 이름을 선물 받았다.
이 책에는 '뛰쳐나가고 싶은 집구석이'
어떻게 인식의 시대를 지나 실행의 시절을 맞아
'명랑한 수다의 장'이 되는지의 과정이 담겨있다.
'우리집이 집구석'이라고 생각되는 독자에게 필독을 권한다.

– **정예서** (가족 상담사, 함께성장인문학연구원장)

하루하루 사는 게 만만치 않은 요즘입니다.
자신의 자존감만 부추기며 잘 좀 살라고 등 떠미는 요즘
오랜만에 진심 넘치는 책을 만났습니다.

지긋지긋한 집구석에 봄날이 찾아오게 해준 공감 댓글,
따듯한 가족의 댓글에 읽는 이도 마음이 편안해집니다.
사는 데만 바빠 지난 기억조차 별로 없는 엄마를
이해하게 됩니다.

문득 나의 엄마가, 나의 오빠가 보고 싶습니다.
그리고 그들에게 사랑한다고 표현하고 싶은 새벽입니다.
쌀쌀해지는 요즘, 살포시 선물 드리고 싶은 책입니다.

– 박소연 (《여자의 숨 쉴 틈》 저자)

우리 집만
집구석이었던 이유

"이놈의 집구석 내가 다신 들어오나 봐라."

어린 시절, 아빠는 엄마와 싸울 때마다 이 말을 하면서 집을 나갔다. 어떻게든 자식들만은 잘 되기를 바라는 마음에 엄마는 억척 아줌마가 되어갔고, 그런 팍팍함이 싫었던 아빠는 집 밖에서라도 즐거움을 찾기 위해 노력했다. 부부간의 불화가 심해지면서 나와 동생은 문제가 생겨도 각자 해결할 수밖에 없었다. 그러는 동안 동생은 왕따를 당하며 생긴 마음의 상처를 숨긴 채 집에서 나오지 않게 되었고, 나는 집구석에서 벗어나기 위해 자기계발에 매진했다. 부모님이 이혼하면서 생활고까지 겹치자 가족은 마주보고 이야기할 여유조차 사라졌다.

성인이 된 나는 혼자서라도 집구석에서 벗어나려 했다. 자기계발, 연애를 통해 성공적인 행복을 얻고자 노력했다. 그러나 모든 노력은 가난, 애정결핍, 열등감 같은 불안에 발목이 잡혀 무엇 하나 제대로 이루지 못했다. 여자친구에게 가난하다는 이유로 이별 통보까지 받게 되자, '난 왜 이렇게 되었을까' 하는 의문과 불안에 휩싸여 아무것도 할 수 없게 되었다. 주변 사람들에게 속마음을 털어놓아도 해답을 찾을 수 없자, 불안의 원인을 찾기 위해 책을 읽고 마음 속 의문을 글로 쓰기 시작했다.

> 젊음의 에너지로 대충 얼버무린 상처는 의식에서 쫓겨난다 해도 내 마음에서 사라지지는 않는다. 무의식에 잠겨 있으면서 알게 모르게 영향을 끼치다가 어떤 계기를 만나면 질문으로 터져 나온다. 살아가려면 우리는 그에 대해 답을 해야만 한다. 그 답을 찾는 여정 중에 손쉽고 비용이 적게 들면서도 확실한 효과를 거둘 수 있는 것이 바로 자기에 대한 글쓰기, 자기 이야기 쓰기이다.
>
> - 〈나를 만나는 글쓰기〉 중에서

누구에게도 말하지 못했던 마음을 글로 옮겨 놓으니 불안의 원인이 보였다. 가족이었다. 나 혼자만이라도 잘 살기 위해 몸부림쳤지만 결국 가족을 외면할 수는 없었다. 애증과 연민 사이를 오가다 가족을 벗어나지 못할 거라면 가족 모두가 성장할 수 있는 방법을 찾기로 했다. 가족의 성장을 위해 '이 씨네 2개년 성장 계획'을 세웠다. 책에서 좋아 보이는 사랑 표현을 벤치마킹하여 함께 산책과 외식을 하고, 목구멍에 걸려 나오지 않는 '사랑한다', '예쁘다', '고맙다'는 말도 쥐어짜냈다. 처음엔 손잡는 것도 역겨울

정도로 어색했지만, 다른 선택지가 없었다. 이런다고 뭐가 달라질까 싶은 마음이 들기도 했지만 일단 해보는 수밖에. 가족이 함께하는 시간이 쌓여가면서 어색함은 익숙함으로 변해가고, 서로의 상처가 보이기 시작했다. 그토록 피하고 싶던 가족의 상처를 직면하게 되니, 더 이상 가족이 부끄럽지 않았다. 그냥 현실이었다.

그러나 내 마음만 바뀐다고 모든 문제가 해결되진 않았다. 서로 익숙해졌지만, 우리는 여전히 우울함과 상처를 가슴에 품고 있었다. 집에만 있기보다 바람도 쐬고 좋은 사람들도 만나기 위해 글쓰기 모임을 권했다. 내가 그랬던 것처럼, 엄마와 동생도 글쓰기를 통해 마음의 상처를 덜어내고 자신을 소중하게 생각하기를 바랐다. 같이 성장하고 싶었다. 나의 갖은 협박과 꼬드김에 넘어간 엄마와 동생은 마음에 꽁꽁 묶어둔 감정들을 빈 연습장에 쏟아냈다. 몇 년 동안 스스로도 모르고 지내던 시간과 속마음을 나누게 되자, 누구보다 열심히 글을 써 내려갔다. 마치 미뤄뒀던 대화를 나누고 싶어 하는 것처럼. 어두운 방에서 묵언수행하듯이 무기력하게 누워있던 엄마와 동생은 같이 공부하던 사람들과 소풍도 가고, 여러 사람 앞에서 발표나 노래를 부르기도 했다. 서로의 속마음을 나누면서 아픈 부분은 보듬어주고, 아니라고 생각하는 것은 분명히 얘기하면서 나를 발견하는 동시에 서로의 있는 그대로를 인정할 줄 알게 되었다. 함께한 시간이, 나눈 글이 쌓일수록 서로가 서로의 버팀목이자 성장의 디딤돌이 되어갔다.

우리가 출발한 곳은 선택할 수 없지만, 어딜 향해 갈 지는 선택할 수 있어.

우리 집은 '집구석'이었다. 집구석에는 버리고 도망가고 싶던 짐 같은 가족이 있었다. 다행히 집구석은 과거형이 되었다. 모르고 지내던 속마음을 알게 되면서 서로가 왜 그렇게 불안하고 힘들 수밖에 없었는지 이해하게 되었다. 이해를 하니 자연스럽게 서로를 지지하고 응원해주는 가족이 되었다. 이 책에는 몇 년 동안 각자의 속앓이와 속마음을 나누면서 함께 꿈꾸는 가족이 되기까지의 성장 기록이 담겨있다.

이 책을 통해 말해주고 싶다. 아픔을 들어주고, 존중하며, 사랑하는 경험을 통해 자존감이 치유되고 성장할 수 있다고. 왕따나 가난, 가족의 해체로 힘겨워하는 사람들에게, 이 책이 회복과 성장의 작은 계기가 되기를 소망해본다.

난 알 수 있어. 네 삶이 슬픈 이야기가 아니란 사실을 알게 될 순간이 올 거라는 걸.

나를 찾기 위해 글쓰는 엄마 글쓰는 청소부 아지매

한부모가족의 여성 가장, 원조 워킹맘 그리고 글 쓰는 청소부 아지매. 먹고 살기위해 억척스러운 아줌마로 오직 자식들을 위해 앞만 보고 살았다. 그 잘난 기술 하나 없었기에 폐지 줍기, 화장실 청소, 간병, 자활근로 등 닥치는 대로 일했다. 그러다가 갑자기 중년의 방황과 허무함이 밀려왔다. 매일 누워만 있던 그녀는 아들의 권유로 시작한 글쓰기를 통해 자식에게 향했던 일편단심을 자신에게 돌려 신나는 인생 2막을 열어가고 있다.
60세, 동사무소 자활근무

친구를 찾기 위해 글쓰는 딸 모모

15년 간의 괴롭힘 때문에 학교가 싫었고, 그 스트레스로 100kg에 가까운 고도비만이 되었다. 살이 찌면서 더욱 심한 놀림과 따돌림을 당했고, 방에서 나가지 않기로 결심했다. 오빠의 권유로 함께 글쓰기를 시작하면서 서로를 있는 그대로 존중하고 마음을 나누는 법을 알게 되었다. 자신을 사랑하게 되면서 다이어트를 통해 30kg이 넘는 살을 빼기도 했다. 현재는 방에서 나와 수백 번의 만남을 연습하고, 사람들을 관찰한 생각들을 '나와 닮은 친구'와 나누기 위해 글을 쓰고 있다. 28세, 취준생

함께 성장하기 위해 글쓰는 아들 꿈야신

부모님의 이혼, 은둔형 외톨이 동생, 기초생활수급자 가족.
'이렇게 구질구질하게 살지 않겠다'는 일념으로 자기계발에 매달리던 어느 날, 가난하다는 이유로 실연을 당하고 방구석 폐인이 되었다. '난 왜 이렇게 되었을까'하는 물음만 반복하다 답을 찾기 위해 닥치는 대로 책을 읽어나갔다. '불안'의 원인이 그토록 외면했던 가족임을 깨닫고는 '짐 같던 집구석'을 '사랑하는 가족'으로 바꾸기 위해 가족과 함께 글을 쓰기 시작했다. 35세, 식생조사 연구원

목차

 속앓이

3장 ♥ 가족이란 자존감을 얻게 된 아들

1부

속앓이

1장

자식만
바라보던
엄마

내 맘 같지 않은
두 사람의 결혼일기

이제 내 나이 곧 환갑이 된다. 결혼은 스물 몇 살에 했다. 앞자리는 기억나지만 뒷자리 숫자는 생각나지 않는다.

생각해보면 애 아빠도 본성은 그렇게 나쁜 사람이 아니었다. 착한 사람인데 귀가 얇고 주관이 뚜렷하지 못했다. 잦은 말다툼은 거기서 비롯됐다. 처음에는 본가에서 어른들과 같이 살다가 안동으로 이사 나오고 다시 대구에 위치한 공장을 다니며 맞벌이를 했다. 그곳에서 애 아빠가 옳지 못한 행동을 해서 나와 많이 부딪혔다. 어느 날은 애 아빠가 공장에 정전이라고 거짓말을 하고 일하는 사람들과 바람 쐬러 등산을 하러 갔던 일이 있었다. 나는 아들을 멀리 친정엄마께 데려다 놓고 십 원이라도 더 벌겠다고 일하는데 그런 거짓말을 하니 배신감이 들었다. 다음날, 화가 난 나는 날이 새자마자 아들을 엄마 집에서 데려왔다. 엄마가 이유를 물었지만 고생만 시켜드린 것 같은 마음에 아무 말없이 빨리 집으로 돌아왔다. 집까지 돌아오는데 마음이 아파 앞만 보고 걸었다.

　그 일이 있은 후, 친척소개로 돼지를 키우는 농장에 애 아빠와 함께 옮겨가 일하게 되었다. 그곳에서 일하는 도중에 또 다시 배신감이 드는 일이 발생했다. 애 아빠가 어떤 사람의 귓속말에 넘어가 내게 한마디 상의 없이 직장을 옮겨버린 것이었다. 내가 설득을 했으나 결국 애 아빠를 따라 새벽에 도망가듯이 이사를 갈 수밖에 없었다. 농장 사장은 내가 농장이 더럽고 힘들어서 도망간 것으로 오해했고, 모든 욕을 내가 다 들어야 했다. 그런데 무슨 사정인지 옮겨간 공장은 기계가 돌아갈 생각을 안 했고, 사람들은 방에 모여서 화투를 치며 허송세월을 보냈다. 내 성격상 도저히 그런 상황을 두고 볼 수가 없어서 몇 번이고 화투판을 엎어버리고 싶었다. 애 아빠를 설득했지만 상황은 나아지지 않았다.

　같은 동네에 살고 있는 친정 엄마가 돈벌이가 없는 딸네 가족을 위해 쌀자루를 머리에 이고 가져다 주는 모습을 보니 도저히 참을 수가 없었다. 나이든 엄마에게 하루 이틀도 아니고 생활비에 쌀까지 받는 현실이 계속될수록 너무 죄송했다. 결국 결심을 세워 애 아빠를 악착같이 설득해 전에 일했던 공장으로 다시 돌아갔다. 이외에도 힘들었던 이야기를 하자면 끝이 없다.

　다시 이사를 하고 일을 시작한지 얼마되지 않아 애 아빠가 공장에서 일하다가 크게 다쳤고, 병원에 입원하게 되면서 일을 못하게 되었다. 공장에서는 어떤 말도 없고 애 아빠는 아파 누워있으니 생활비도 걱정되고 화가 나서 가만히 있을 수가 없었다. 화가 난 나는 매일 사장을 찾아가서 다친 상황을 낱낱이 따지고 월급, 병원비, 치료비 전부를 다 받아왔다. 사장은 너무하다고 했지만, 나는 당당하게 말했다.

"너무하다구요? 그쪽 남편이 이렇게 다쳤으면 가만히 있을 수 있겠습니까?"

애 아빠와 나는 하루도 말다툼하지 않는 날이 없었다. 그런 날이 반복되면서 행복한 결혼 생활은 하나의 물거품으로 사라져 서로의 갈 길을 갔다. 이제는 영원한 남남으로 헤어졌다. 나는 헤어진 것을 한 번도 후회해 본 적이 없다. 자식들에게 좋은 본보기가 되지 못한 모습을 보여준 것 같아 미안한 생각이 들었지만 어쩔 수 없는 결론이었다. 나는 한다면 하는 사람이다.

모모
농장 사람들에게 오해받았을 때 속상했겠다. 싸움의 시작은 서로를 배려하지 않음으로서 생긴다는 것을 알게 됐어. 우리는 서로한테 배려하면서 살자.

꿈야신
그렇지. 엄마는 한다면 하는 사람이지.
난 엄마편! 화이팅!

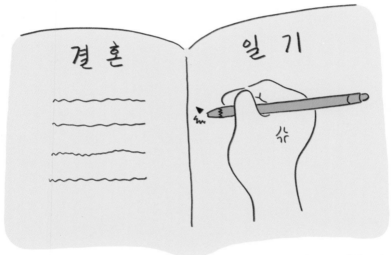

다시 생각해도 열받네!

살을 찢는 고통과
함께 만난 아들, 딸

결혼 초기에 아들을 임신하고 시골에 살 때였다. 설날 하루 전 날, 갑자기 배가 아프고 허리가 끊어지는 것처럼 아팠다. 시간이 늦어 앞집에 사시던 작은 어머니께서 시어머니에게 "형님, 질부가 저렇게 아프다고 하는데 왜 병원에 보내지 않고 있습니까?"하니까 "우리 집에 누가 병원 가서 애 낳았나? 다들 집에서 애 낳았지."라는 답이 돌아왔다. 결국 밤 12시가 넘어 몰래 택시를 타고 안동 조산소에 갔다. 허리가 아파 새벽녘까지 통증을 호소했다. 얼마나 고통에 시달렸는지 모른다. 그때 누가 같이 갔는지는 기억이 나지 않지만 그때 정말 수고 많으셨다.

지금도 밤새도록 고통과 함께했던 그 날을 잊지 못한다. 다음날 아침이 되기 전 조산소 의사선생님께서 오시더니 아기는 포기하고 산모만 살려야 된다고 말했다. 옆에 있던 누군가가 아기는

뒤에 또 낳으면 되지 않냐고 말하는 그때, 두 사람 다 살려야 한
다는 다른 누군가의 말 덕분에 택시를 타고 대학병원으로 이동
했다. 수술실에 들어가보니 아기가 다리부터 나오고 있었다. 결
국 제왕절개 수술로 아들은 무사히 세상에 나올 수 있었다. 이렇
게 힘들게 아들을 낳게 된 이유가 있다. 임신 중에 딱 한번 목욕
탕 간다고 속이고 병원에 가서 초음파 검사를 받아 본 게 다였기
때문에 아들이 정상으로 있는지 거꾸로 자리 잡았는지 모를 수밖
에 없었다. 결국 수술 때문에 병원비가 엄청나게 많이 나왔다. 시
댁이 넉넉하지 못해 친척 어른분의 도움으로 병원비를 내고 퇴원
할 수 있었다. 그것도 병원비를 깎았기 때문에 가능했다.

　이후에도 우여곡절이 많았다. 퇴원해서 갓난아기와 곤히 자고
있는데 시어머니가 가마솥 뚜껑을 세게 여는 바람에 아들이 자다
가 크게 놀라 경련을 해 입원한 적이 있다. 입원 후에도 숨을 제
대로 못 쉬고 차도가 없자 결국 의사선생님께서 마음의 준비를
하라고 하셨다. 이렇게 보낼 수 없어 평소에 침을 잘 놓으시던 시
댁 숙모님에게 연락을 해 온몸에 침을 다 놓고 나니 기적처럼 울
음을 터트리면서 숨을 쉬었다.
　그 사건이 있은 후, 얼마 안 있어 안동으로 방을 얻어 나왔는데
마침 여름 장마가 시작됐다. 지붕에서 물이 떨어져 큰 바가지를 받
쳐 두고 물을 비우느라 밤새도록 잠을 못 잤는데, 그 와중에 아들
은 설사에 열이 높아 돌 반지를 팔아 병원에 입원시켰다. 아들에게

는 미안한 일이지만 오래된 일이라서 어떤 병이었는지 지금은 하나도 기억나지 않는다. 사랑하는 아들아, 네가 어떻게 아파서 병원에 입원하게 됐는지 기억 못해서 정말로 미안하고 사랑한다.

딸은 내가 몇 살 때 낳았는지 전혀 기억이 나지 않는다. 앞만 보고 살던 시기라서 하루하루가 잘 기억나지 않는다. 딸을 낳을 때에도 가정형편은 어려웠다. 몇 시간 만에 태어났는 지도 기억이 잘 나지 않는다. 다만 딸이 태어났을 때 피부에 뭔가 생겨서 소아과 의사 선생님께 몇 번이나 찾아가 상세히 이야기 드려서 차츰 나았던 기억이 있다. 병원에서 받은 연고를 딸 피부에 열심히 발랐다.

그나저나 이 글을 보면 딸이 자기 이야기는 잘 기억 못한다고 섭섭해할 텐데 걱정이다. 앞만 보고 사느라 어쩔 수 없었지만.

모모
할머니가 잘못했네. 엄마, 많이 슬펐지? 반지는 언제든지 살 수 있지만 건강은 돈으로 살 수 없는 거니까 엄마도 몸이 안 좋으면 꼭 병원에 가도록 해.

꿈야신
내가 모르던 출생의 비밀을 알게 돼서 뭔가 신기하면서 기쁘네.
나는 어릴 때, 내 사진이 없어서 엄마한테 혼날 때마다 길에서 주워 온 자식인줄 알고 슬펐거든. 이렇게 내가 태어난 이야기를 듣는 것만으로도 뭔가 새로 태어난 기분이야. 그리고 엄마, 힘들었을 텐데 아낌없이 키워줘서 고마워요.

좋은 직장을 놓친
아쉬움

딸이 초등학교에 다닐 때였다. 1학년 때부터 아침 일찍 일어나 딸의 머리를 예쁘게 땋아서 같이 등교했다. 딸이 학교에 들어가는 것을 보고 집에 와서 집안일을 했다. 수업 마치기 전에 교문 앞에 서 있다가 같이 하교하는 것을 반복했다. 2학년 2학기 때까지 그렇게 했다. 지각을 안 시키려고 내가 얼마나 신경을 썼는지 모른다. 초등학교는 아무것도 아니었다.

딸이 중학교 다닐 때는 마음고생 엄청나게 많이 했다. 지각 안 시키려고 아침 일찍 깨우면 일어나지를 않았다. 정말 어떨 때는 아침에 엉엉 울었던 적도 많았다. 가정형편도 어려운데 택시까지 타고 학교에 보낸 적도 많다. 어쩌다 늦어지면 선생님이 교문에서부터 딸에게 토끼 뜀뛰기를 시켰다. 뜀뛰기를 하면서 땀을

비 오듯이 흘리는 딸을 볼 때 얼마나 안타깝고 짜증이 났는지 모른다. 조금만 내 말을 듣고 일찍 일어났으면 택시도 안 타도 되고 저렇게 토끼 뜀뛰기도 하지 않아도 됐을 텐데. 짜증도 잠시 내가 대신 토끼 뜀뛰기를 하고 싶은 마음이 들 정도로 가슴이 아팠다. 선생님이 그런 나를 보고선 딸에게 뜀뛰기를 그만하라고 할 때도 있었다. 그래도 내 마음은 아랑곳없이 딸의 지각횟수는 줄어들기는커녕 늘어만 갔다.

그 시절, 백화점에서 청소부로 일하게 되었다. 아는 분 소개로 이력서를 제출하고 1:1 면접에서 질문에 대답했더니, 나중에 합격이라면서 출근하라고 연락이 왔다. 기뻤다. 일할 때 모든 사람이 노란 수건을 똑같이 머리에 쓰고 청소를 했다. 노란 수건을 써야 다른 사람들이 빨리 알아보기 때문이다. 백화점 안에 설치된 문이란 문은 모두 깨끗이 청소했다. 그러나 어렵게 들어간 백화점도 딸과의 마찰로 인해서 내가 자진해서 그만두었다. 그런 일만 없었어도 평생직장이 됐을 텐데. 딸 때문에 지각을 몇 번이나 했는지 모른다. 나중에는 소장님이 나보고 딸 학교에서 가까운 곳으로 이사하면 좀 나아질 거라고 하면서 며칠 휴가를 주었다. 다행히 이사는 잘 해결되었는데 여전히 딸은 밤늦게 자는 버릇을 못 고쳐 아침마다 딸과의 마찰을 피할 수 없었다. 그만큼 소장님이 여유를 주셨는데 계속 지각을 할 수가 없어서 내가 양심상 자진해서 일을 그만두겠다고 말하고 백화점을 그만두었다. 조금만 더 일하면 퇴직금도 받을 수 있었는데 2년이 채 못 되어 결국 퇴직금도 못 받고 평생 일자리 삼을 수 있는 곳을 그만두었다.

백화점을 그만두니 앞으로 살아갈 길이 막막했다. 점심 잘 주지, 중간에 간식도 주지 얼마나 좋은데 정말 여러모로 생각만 해도 속상한 기억이다. 정들었던 곳과 같이 일했던 분들에게 인사 나누고 돌아설 때의 그 시원섭섭한 마음은 나도 어쩔 수 없었다.

 모모
계속 일했으면 좋았을텐데… 아쉬웠겠다. 하지만 그때는 정말 학교에 가기 싫었어. 그런 내 맘도 조금은 이해해줬으면 좋겠어. 그리고 엄마, 속상한 마음이 드는 건 알겠는데, 화나거나 속상할 때마다 그만둔 이야기는 그만했으면 좋겠어. 하도 들어서 귀에 딱지 앉겠어!

> **꿈야신**
> 모모야, 니 마음 이해된다. 너도 엄마도 고생이 많았네.
> 그래도 나는 두 사람 다 좋다.♡

꿈야신
나는 학교 다닐 때라 기억도 나지 않는 시간들인데, 이렇게 이야기를 들어보니 엄마가 얼마나 동분서주했을지 상상이 되네. 모모도 분명 학교가기 싫은 이유가 있었을 텐데 그 이유를 듣기에는 엄마도 바빴을 테고. 이미 지난 일은 추억으로만 간직하고, 새로운 일자리와 추억을 만들어 보자!
근데… 안정적인 직장에서 오는 편안함. 좀 아쉽기는 하네.

간병 일의
고단함

내가 간병 일을 몇 살 때부터 했는지 자세하게 기억나지 않는다. 대구시 병원을 다니면서 연세 많은 분들도 간병을 하고 젊은 사람도 간병했다. 한 단체에 소속되어 일했는데, 각 구를 담당하는 전담사도 있었다. 나는 주로 주간에만 일했다. 점심은 각자 개개인이 알아서 해결하고 어르신들 같은 경우는 물리 치료실에 같이 가거나 식사도 직접 담당해서 먹여주고 목욕과 양치질도 해드렸다. 어르신들이 입었던 옷도 씻을 것이 있으면 깨끗이 씻어드리고 하루에 하는 일과가 다양하게 많았다. 약도 먹여드리고 팔, 다리를 주물러 드리고 밖에 운동도 시켜드렸다. 욕창 생기지 않게 수건으로 닦아주고 대소변도 다 봐주었다.

간병일의 하루 일과는 이랬다. 아침 출근해서 빨리 목욕시켜드리고 물리 치료실에 모셔다 드린다. 물리치료가 끝나면 점심과 약을 챙겨드리고 조금 휴식을 취했다가 물리 치료실에 데려다 드리고 나서 저녁식사와 약을 드시게 한 다음 양치시켜드리고 나면 하루의 일과가 끝났다. 퇴근을 하고 집에 와서야 저녁을 먹고 샤워하고 하루 일과를 쓴 뒤 잠이 들었다.

허리가 아픈 내게 간병일은 힘든 일이었다. 그렇지만 먹고 사는 생계가 달린 일이라 그만둘 수 없었다. 최대한 성의를 다해서 열심히 환자분을 극진히 모셔야 하는 것이 우리들의 할 일이며, 그분에 대한 예의를 지키는 것이라고 생각했다. 힘들지만 열심히 일했다.

한 번은 예쁜 아가씨를 간병한 적이 있다. 아프기 전 사진을 보여주는데 얼굴이 굉장히 예뻤다. 그 아가씨는 신장이 좋지 않아서 투석을 했다. 투석을 한 번 하러 가면 4시간 정도는 해야 했다. 건강이 나빠지면서 살도 빠지게 되었는데 건강할 때의 모습과는 정반대의 모습으로 변해 있었다. 그렇게 몇 달을 간병하다 다른 분을 간병하게 됐는데 나중에 소식을 들으니 결국 하늘나라로 갔다고 했다. 그 소식을 듣고 얼마나 마음이 아팠는지 모른다.

한 번은 집 근처 병원에서 간병을 할 때 일이었다. 내가 간병하게 된 환자는 한 여학생이었는데, 목욕하자고 하면 "예"라고 대답은 해놓고 막상 목욕을 시키면 목욕탕 바깥으로 뛰쳐나가곤 했다. 하지만 심성이 착하고 남 생각을 많이 해주는 학생이었다. 그 학생은 귀에 환청이 들린다고 했다. 마음이 너무 여린 탓에 친구를 잘 사귀지 못하고 학교생활에 적응하지 못해, 그로 인한 스트레스로 건강이 안 좋아졌다고 했다. 그 학생을 목욕시키고 머리 감기면서 대화를 많이 했다. 서로 친해지면서 학생의 행동도 많이 달라졌다. 그러다 학생 어머님과도 친해지게 되었다. 자식을 키우고 있는 부모의 입장에서 서로 통하는 점이 많았다. 시간이 지나면서 친해지고 학생의 성격도 좋아져서 내가 가면 그 애도 나를 무척 잘 따랐다. 건강이 회복되어갈 때 즈음, 간병 일을 그만 두었는데, 그 후에도 학생 어머님과 자주 전화도 하고 면회를 가기도 했다. 학생이 멀리 떨어진 병원으로 가게 되면서 연락이 뜸해져서 아쉬웠다. 만나지는 못해도 항상 그 애를 잊어본 적은 없다. 어느 날, 방청소를 하다 우연히 전화번호를 발견하고 전화를 걸어 안부를 물으니 건강이 좋아졌다고 했을 때, 정말 기뻤다. 다시 만날 그 날을 손꼽아 기다려본다.

 모모
남을 생각하는 것보다 이제는 엄마 스스로한테 신경을 썼으면 해. 자기한테 신경을 쓰지 않고 자꾸 남을 의식한다면 스트레스를 받거나 금방 지치게 되니까. 뭐든지 건강을 챙기면서 했으면 좋겠어. 안타까운 마음은 알겠는데 건강의 소중함보다 더할까.

 꿈야신
엄마, 일하면서 사람들과 좋은 마음 많이 나누었네. 직장 생활하는 나도 많이 본받아야겠어! 그리고 그 여고생 전화번호 찾아서 연락할 수 있도록 내가 도와줄게.

전화비가
100만 원이라니!

　　내가 한창 공공근로 청소일로 어렵게 살 때였다. 딸은 중학생이었고, 아들은 대학생이었다. 딸이 내가 일하러 나간 사이 집에서 유료전화를 너무 많이 사용해서 100만 원이 넘는 전화비가 나온 적이 있었다. 이 사실을 안 아들이 동생을 대문 밖으로 쫓아냈다. 저녁이 되어 어두웠지만 아들은 동생에게 반성하라고 꾸짖으며 인정사정없이 대문을 닫았다.

　　그래도 딸이라 걱정이 돼서 밖에 나가려는데 아들이 나가지 말라고 했다. 계속 걱정이 되어 몰래 빠져나가 딸을 데리고 친한 지인 집으로 갔다. 지인과 이야기하다가 아들이 자는 시간에 딸을 데리고 집에 같이 돌아왔다. 그때 생활비가 70만 원도 안됐는데 한 달 전화비가 100만 원 넘게 나왔으니 지금 생각해도 막막하다.

댓글

모모
그때는 너무 외롭고 심심했어.
하지만, 나의 충동적인 행동은 반성해.

꿈야신
그때가 끝이 아니었음을… 100만 원짜리 고지서가 또 나왔을 때는 혈압
이 올라가더라. 휴대전화 게임으로 160만 원 나가고, 기타 등등 집에만
있으니 가끔씩 사고를 터트리는 동생을 원망했어. 화낸다고 될 일도 아
니라서 왜 그랬는지 궁금해서 대화를 하다 보니 그럴 만도 하더라. 몇 년
간 거의 집에만 있는데 외롭고 심심할 만도 하지. 그때부터 모모 네가 방
밖으로 나와 다양한 경험을 통해 답답하고 지루한 시간에서 벗어나길 바
랐지. 그리고 사고도 안치길 바라고… 나, 그때 요금 낸다고 어렵게 모은
적금 깼었어. ㅠ.ㅠ

2장

왕따라서
미안한 딸

낯가림의
사연

나는 낯가림이 있다. 내가 사람을 대하기 어려워하는 데는 여러 이유가 있다.

만일 과거에 내게 있었던 일들이 없었더라면, 나는 어땠을까.

어릴 때, 내가 엉금엉금 기어 다니지 않고 빨리 걸을 수 있었더라면, 걷는 게 늦다고 무조건 회초리로 때리는 것보다는 기어 다니지 않을 때까지 걷는 연습을 시키고 기다려주었다면 어땠을까.

어린이집 선생님한테 회초리를 맞지 않았더라면, 그랬다면 그 이후로 다른 사람들이 어린 나를 만지거나 강하게 충격을 줄 때마다 경기를 일으키지 않았을 텐데.

만일 내가 예쁜 외모와 날씬한 몸매로 태어났다면 어땠을까? 그럼 괴롭힘을 당하지 않았을까?

내가 거절을 잘했더라면, 내가 준비물을 잘 챙겨가지 않았더라면, 집이 부자라는 오해를 받지도, 사람들이 먹을 것을 계속 사달라고 요구하지도 않았을 텐데.

내 눈이 난시가 아니었다면, 사람들에게 왼쪽 뺨을 맞는 일이 생기지 않았을 텐데. 학교에서 심한 괴롭힘을 당하고, 가방 속에 있던 필기도구를 뺏기거나 돈을 달라는 협박을 당하지 않았을 텐데.

나는 낯가림이 심한 내가 싫지 않다. 그런데 다른 사람들은 말을 하지 않고 조용히 있는 나를 다그친다. 서로 천천히 친해지면서 이야기를 나누면 좋을 텐데.

 글쓰는 청소부 아지매
외할머니께서 왜 모모는 걸을 때가 되었는데 걷지 않는 걸까 싶어 밤이나 낮이나 걱정을 많이 하셨어.
이 글을 읽으니 모모가 다니는 학교에 찾아가서 교장선생님한테 "우리 딸 괴롭힌 학생, 내 앞에 데려오고, 그 부모들도 다 데려오세요. 가만두지 않을 겁니다."하고 당당하게 말했던 기억이 떠오르는구나. 그때는 내가 속이 많이 상했었는데 이 글을 보니 네 속이 더 아팠겠구나.

 꿈야신
그 힘든 시절, 바쁘다는 핑계로 하나뿐인 동생을 외면했던 것 같아 미안하네. 힘들 때 내 이야기를 들어줄 이가 없다는 것이 얼마나 외로운 일이었을까. 나도 초등학교 때, 잠깐 왕따를 당했던 적이 있었는데 나보다 더 아픈 일을 겪었을 너를 생각하니 마음이 너무 아프네. 늦었다고 생각될지 모르지만 이제라도 너에게 작은 도움이 되고 싶다. 내 동생, 알라뷰♡

소심한 가출

　같은 아파트에 살았던 이웃이자 중학교 동창이던 친구가 있었다. 한번은 이 친구가 학교도 가지 않은 채 가출을 해버렸다. 평소 친구가 가출을 자주 했었기 때문에 선생님은 내게 친구와 같이 있어 달라는 부탁을 했었고, 나는 선생님의 부탁을 들어 드리기 위해 친구와 늘 함께 다니다 보니 나도 모르게 친구를 따라 가출을 하게 되었다.

　그러나 가출을 지속하는 것은 한계가 있었다. 결국 친구와 나는 순찰을 돌고 있던 경찰관한테 들켜 경찰서로 향했다. 경찰서에 도착한 우리는 부모님이 오실 때까지 기다렸다. 곧 부모님과 친구 친척들이 우리를 데리러 왔고, 개인정보를 작성하고 난 다음에 귀가할 수 있었다.

　친구의 친척은 나에게 친구와 함께 다니지 말라며 부탁을 했다. 선생님의 부탁으로 친구와 함께 다녔던 것뿐인데, 마치 가출의 원인이 나인 것처럼 말하는 그 상황이 속상했다.

'도대체 나보고 어떻게 하라는 거야?'

혼란스러웠다. 그 일 이후에 친구는 집에서 머리를 빡빡 깎였고, 가발을 쓰고 다녔다. 그래도 돌이켜보니 그 가출은 매일 괴롭힘 당하던 일상에서 작은 탈출이었던 것 같다. 나 혼자서는 가출을 할 만큼 용기가 없었을 텐데 말이다.

 글쓰는 청소부 아지매
친구의 친척이 한 말에 속상했겠구나. 하지만, 친구에게 너의 설득이 통하지 않으면 너 혼자라도 집에 돌아오는 게 현명했을 거라 생각되는구나.

 꿈야신
그때가 생각나네. 엄마가 너 없어졌다고 난리 쳤을 때 말이야. 나는 그때 한창 대학 축제로 재미있던 시기라서 불안해하는 엄마에게 짜증을 내며, '경찰이 알아서 찾겠지'하고 말해버렸지. 그리고 집에 돌아온 너에게 오빠랍시고 '친구 제대로 사귀어라'고 훈계도 해버렸네. 지금 생각하면 내가 참 못난 말을 함부로 뱉었던 것 같아. 그 아픔과 방황을 이해하고 알아주는 게 뭐가 그리 어려웠던지. 모모야, 무사히 집으로 돌아와줘서 고마워. (^/^)/

미각을 빼앗아간
분식집

대학교 다닐 때는 수업시간이 너무 빡빡해서 집에 가서 밥 먹고 오기에는 시간이 부족했다. 그래서 학교 근처에서 사 먹을 수밖에 없었다. 학교 앞에는 간단히 먹을 수 있는 음식점은 많았지만, 건강을 챙길 수 있는 음식점은 없었다. 학교 앞 음식점에는 김밥, 라면, 비빔밥, 떡볶이, 돈까스 등 간이 너무 짜거나 매운 음식밖에 없었다.

내가 가진 돈으로 점심을 먹을 수 있는 곳은 분식집밖에 없었다. 집안형편이 어려워서 엄마에게 돈을 더 달라고 할 수 없었다. 결국 맵거나 짠 음식을 계속 먹다 보니 혀가 마비가 됐는지 음식 맛을 제대로 느낄 수 없게 되었다. 게다가 얼굴에 피부 트러블도 생겼다. 그래서 졸업할 때까지 2년이 넘도록 점심마다 자극이 덜

한 김밥과 순대만 먹었다. 한창 괴롭힘을 당할 때라서 같이 먹을
사람도 없었기에 다른 음식을 먹어보지 못했다. 다른 음식은 혼
자 먹기에 양이 많았거든. 졸업을 해서 집 밥을 먹어도 미각과 건
강은 돌아오지 않았고, 밥을 먹고 나면 속에 가스가 차거나 소화
가 되지 않았다.

 글쓰는 청소부 아지매
미안했었다. 이 말밖에 할 말이 없네.
더 영양가 있는 음식을 사먹도록 못해준 내가 너에게 미안할 따름이야.

 꿈야신
나는 매콤한 떡볶이, 라면국물이 짜다고 하는 네가 이해가 않됐어. 내가
먹어봤을 때는 오히려 싱거웠거든. 네가 너무 예민하다고 생각했었지.
이 글을 읽고 나니 그럴 수도 있구나 싶으면서 내가 너무 내 기준으로만
너를 판단하고 있었다는 것을 알게 됐어. 나를 알아주지 않으면 그렇게
서운하고 답답해하면서 말이야. 너의 말에 동의는 못해줘도 있는 그대
로를 받아들여주는 여유만 있었으면 됐는데. 네가 요리할 때의 해맑은
표정과 열정이 지금도 기억나. 사람마다 미각과 건강도 각자마다 다르
다는 것 명심할게.

떡볶이... 맵고..
김밥 ... 그만 먹고 싶고..
라면 ... 짜고 ..
돈가스... 일주일 동안 먹었고..
만두 ... 양이 너무 적고..
스페셜 세트 ... 너무 비싸고..
 .
 .
그냥 비빔밥 주세요..

이것
요것
저것

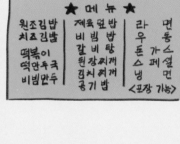

★ 메뉴 ★

원조김밥
치즈김밥

떡볶이
떡만두국
비빔만두

제육덮밥
비빔밥
갈비탕
된장찌개
김치찌개
공기밥

라면
우동
돈가스
스페셜면
냉면
〈포장 가능〉

졸업은 했지만
방구석 취업

고등학교 3학년 졸업을 앞두고 대학진학을 고민할 때, 나는 미용에 관심이 있었다. 그래서 집에서 가까운 대학의 피부미용과로 진학했다. 하지만 그때 내가 미용과를 선택하지 않았더라면 사람들한테 괴롭힘을 당하지 않았을 거라는 후회를 하곤 한다. 피부미용과는 재료비가 많이 들었다. 게다가 준비를 철저히 해갈수록 짜증만 늘어났다. 이유는 준비해간 수업재료(메이크업 재료, 마사지 재료 등)를 아이들이 빌려가 돌려주지 않거나 빌려주지 않으면 함부로 가져갔기 때문이었다. 같이 수업을 듣는 아이들은(그 아이들은 친구가 아니었다) 준비성이 없었다.

찜질기에 이름을 적어둔 수건을 넣어둬도 가져가고, 새로 산 티슈도 허락 없이 자기 것처럼 마구 뽑아가서 수업이 끝나면 빈 통이 되었다. 그런 날들이 이어지니까 준비물을 챙겨가기도 싫고 학교에 가기도 싫었다. 그런데도 엄마는 박스를 모아 번 돈으로 준비물을 잘 챙겨 주었다. 그럴수록 내 물건을 맘대로 쓰는 아이들에 대한 짜증이 더 커져가고 엄마에게 미안해졌다.

아이들은 내 물건은 함부로 쓰면서 실습시간만 되면 끼리끼리 실습 파트너를 하고 나는 혼자 남아 실습을 못할 때가 많았다. 차라리 고등학교 진로 선생님의 말대로 사회복지과를 선택했더라면 이런 일이 없었을 것 같았다. 사회복지과는 준비물이 필요 없고 재료비가 많이 나가지 않으니 말이다.

그런 일들이 반복될수록 스트레스가 계속 쌓였다. 어느 날부터 머리카락이 많이 빠지기 시작하더니 정수리에 원형탈모가 생겼다. 어렵게 뺀 체중도 다시 스트레스성 폭식으로 인해 요요가 왔다. 결국 마지막 학기를 남겨두고 학교에 나가지 않았다. 겨우 출석일수와 성적을 맞추어 졸업을 하긴 했지만, 졸업앨범과 졸업장을 받지 못했다. 그 일로 인해 엄마한테 계속 잔소리를 들어야 했다. 졸업 후, 사람을 기피하게 되고 아무 것도 하기 싫어 방에서 TV, 모바일 게임만 하며 집 안에 틀어박혀 있었다. 그렇게 2년 동안 방에만 있었다. 가끔씩 오빠의 권유로 문화센터의 뮤지컬 수업이나 독서모임 등을 나갔지만, 쉽게 어울릴 수 없었다.

마음에 하고 싶은 말은 쌓여 가는데 들어줄 사람이 없었다. 그나마 가족이 가까워서 엄마에게 몸과 마음의 감정표현을 하면 오히려 엄마가 나한테 듣기 싫은 하소연을 했다. 오빠는 매일 바빠서 이야기할 시간이 없었다. 가끔씩 마주치는 엄마의 지인들은 나에게 '취업은 언제하니', '결혼은 언제하니', '살이 쪘으니 살 빼라' 등 오지랖과 간섭을 했다. 살이 빠졌을 때는 '살이 빠졌으니 더 빼라'는 말을 하고, 운동을 하고 있으면 '더 빨리, 더 해라'고 강요와 압박을 쏟아 부었다.

그 이후 감사하게도 좋은 선생님을 만나 상담도 하고 추천을 받아 사회복지를 공부했고, 사회복지사 2급을 취득하였다. 아직은 어려운 사람들을 도울 에너지가 부족하지만 언젠가는 나도 누군가를 돕고 싶다.

 글쓰는 청소부 아지매
내가 그랬던 건 네 행동을 꾸중하고자 한 건 아니었다. 너도 하는 데까지 했는데 마음대로 되지 않았을 테니까. 너의 물건은 친구가 가져가 쓰고 너와는 실습 파트너가 되어주지 않으니 얼마나 속이 상했겠니.

꿈야신
남들이 간섭과 오지랖을 할 때, 난 외면하거나 화를 내면서 당당히 의사표현 하면 된다고 생각했어. 하지만, 그런 표현을 못하는 너를 보면서 이해가 되지 않았지. 왜 아무 말 못하고 그 싫은 소리를 다 듣고 있는지 말이야. 하지만, 이제는 조금 이해할 수 있을 것 같아. 너는 오히려 상대방의 상처까지 생각하고 있다는 걸. 아파 본 사람이 아픈 말에 더 예민하겠지. 그리고 너는 너만의 속도와 기준으로 살면 돼. 굳이 바뀔 필요는 없다고 생각해. 대신, 더 이상 스트레스로 힘들지 않도록 방어하는 법을 알아갔으면 좋겠어.

두통으로 가득한
밤의 이야기

　작년 10월쯤이었다. 이마와 머리 중간부분에 맥박이 마구 뛰면서 바늘로 콕콕 찌르는 통증이 느껴졌다. 시간이 지날수록 아픈 부분이 점점 심해지면서 도저히 방에 계속 누워 있을 수 없었다. 이불과 베개를 들고 일어나 오빠가 자는 방으로 갔다. 오빠가 옆에 있으면 좀 괜찮을 줄 알았다. 근데 내 방에 있을 때보다 더 아팠다. 계속 울고 있는 나 때문에 오빠가 잠에서 깼다. 너무 아파서 오빠한테 머리를 두드리거나 주물러 달라는 부탁을 했다. 오빠는 반쯤 눈을 감고 두피마사지를 해줬다. 근데 두피마사지도 효과가 없었다. 오히려 맥박 뛰는 곳부터 이마와 머리 중간으로 바늘로 콕콕 찌르는 통증이 더 심해졌다. 결국 나는 두 눈이 붓도록 울면서 밤을 견뎌내야 했다.

　다음날 집에서 가까운 병원에 가서 CT, 혈액검사, 뇌파검사, 근전도, 경동맥 초음파 검사 등 다양한 검사를 받아야 했다. 받아야 하는 검사를 다 받았지만, 결과가 안 좋게 나올까 봐 불안했다. 그렇게 받아 든 진단서에는 '신경과민'이라고 적혀 있었다. 진료비가 많이 나올까 봐 걱정되기는 했지만, 결과가 나쁘지 않게 나와서 다행이었다. 간혹 비가 오거나 잠을 제대로 못 잘 때마다 두통이 심해지기는 하지만, 지금은 그때보다 덜해서 잠을 못 잘 정도는 아니다.

두통이 좀 사라졌으면 좋겠다.

 글쓰는 청소부 아지매
어떤 이유에서 그런 통증이 나타나는지 모르겠지만 신경성으로 인한 두통이라 생각이 든다. 너도 나처럼 신경이 예민해서 그런 거겠지. 그런 일이 있으면 항상 오빠나 나한테 이야기하기 바란다.

　　└ **꿈야신**
　　　싫타. 반사! ㅎ

 꿈야신
솔직히 처음엔 울면서 내 방에 들어오는 널 보고 놀라기도 했지만, 자던 중이라 짜증 났어. 하지만, 두피마사지를 해주면서 아파하는 너에게 무언가 해줄 수 없는 현실이 미안하더라. 결국 밤새 한 숨 못 자고 출근했지만 네 건강이 걱정돼서 일이 손에 안 잡히더라. 그 이후로도 머리가 많이 아플 때가 있었지만 뚜렷한 방도가 없는 신경성이어서 마음만 애 태웠지.(병원비도 많이 가져다 준 듯…) 그걸 또 너는 아프면서도 가족들에게 미안해서 눈치 보는데 마음이 얼마나 아프던지, 앞으로도 아프면 참지 말고 서로에게 알리자. 서로 힘들 때 도와주는 게 가족이잖아.

아... 파 ㅠ.ㅠ

어서 나았으면 좋겠다.

3장

결핍의
악순환에
갇힌 아들

부모님처럼
살게 될까봐

반찬을 하나 더 집었다가 뺐다가 한지 10여 분째.

분명 난 통닭을 먹고 싶었는데 지금은 반찬가게에 와있다. 그 전환점은 동생의 컵라면 하나 사달라는 문자 때문이었다. 집에서 열심히 과제를 하고 있을 동생과 아침에 한바탕 말다툼한 엄마가 생각났다.

'둘 다 밥도 제대로 안 챙겨먹고 있겠지…'

나는 통닭이 먹고 싶었다. 바삭바삭하고 기름기가 입안에 감도는 그 맛을 느끼고 싶었다. 하지만 이번 달 생활비를 많이 써서 돈을 최대한 아껴야 했다. 배가 고프니까 통닭이 먹고 싶은 거라고 자기 합리화를 하고 그 돈으로 반찬을 사기로 했다. 거침없이 통닭집을 지나 반찬가게 앞에 섰건만, 반찬집에 와서도 반찬을 들었다 놨다, 망설임은 멈춰지지 않았다.

초등학교 때, 도시락을 싸서 다닐 때는 친구들과 함께 밥을 먹을 수 없었다. 내 반찬통에는 김치뿐이었다. 간혹 김치 말고 다른 반찬이 하나라도 더 있을 때는 밥을 세 공기씩 먹곤 했다. 소시지, 햄, 계란말이, 진미볶음, 불고기 등 다양한 반찬을 가져오는 아이들 앞에 김치만 있는 반찬통을 꺼내 놓기가 부끄러워 혼자 밥을 먹을 때가 많았다. 돈을 많이 벌면 친구들 앞에 당당히 반찬통을 놓고 함께 밥을 먹고 싶었다.

다행히 중학교 때부터는 급식을 시작했다. 생전 처음 보는 반찬도 먹고, 점심시간에 친구들과 함께 밥을 먹고, 이야기를 나누며 어울릴 수 있었다. 다만, 내가 기초생활수급자라는 사실을 숨기고 싶었다. 자기보다 못한 부분을 찾아내 괴롭히는 아이들로부터 왕따를 당해본 기억이 있어 항상 그 비밀이 드러나지 않기 위해 조심했다. 내가 못난 것이 아니라 현실이 조금 어려울 뿐인데도 당당하지 못했다. 그 현실을 가진 내가 부끄러웠다. 누군가의 도움을 받아야 하는 기초생활수급자라는 현실도 싫었다. 급식 신청을 할 때, 수업비 감면신청을 할 때마다 내가 친구들보다 못하다는 사실을 들키고 싶지 않았다.

대학 입학 후에는 전국일주, 해외여행, 동아리 활동 등 많은 것을 꿈꾸었다. 하지만, 하고 싶은 대로 하기엔 가진 돈이 없었다. 알바를 하거나 근로 장학생을 하다 보면 내게 주어진 시간과 돈은 생활하는 데 모두 소비되었다. 자기계발에 매달리기도 했지만 매번 찾아오는 현실적 불안감은 자주 나를 멈추게 했다. 꿈과 현실 사이에서 불안해하며 아무것도 못하고 고민만 하다 날려 보낸 시간이 많았다. 친구들이 해외여행을 다녀오고, 가족과 외식을 가는 모습을 볼 때, 속으로 비아냥댔다. 아마 부러움을 들키고 싶지 않았던 것 같다. 그리고 아픔이나 고생을 잘 모르는 친구들과는 쉽게 어울리지 못했다. 친구들의 여유로운 미소는 나의 자괴감을 자극하고, 스스럼없이 자기 의견을 얘기하는 모습은 인정받기 위해 작은 것 하나부터 스스로 쌓아올 수밖에 없던 내 눈에는 이기주의로 보여 괴로웠다.

모든 도전이 실패로 돌아갔을 때 싫어했던 집은 내게 핑계거리가 되었다. 기쁨보다는 슬픔과 우울함이 더 익숙했다. 핑계거리를 만드니 잠시는 편했지만, 계속되니 내 자신까지 미워하게 되었다. 밥상에 김치만 나오는 인생을 더 이상 살고 싶지 않았다.

통닭도 마음대로 사 먹고, 반찬도 다섯 가지 이상 먹을 수 있게 되었을 때도 여전히 내 마음의 불안은 남아 있었다. 돈이 없으면 위축되곤 했다. 매일 생활비 때문에 싸우던 부모님, 다른 부모님처럼 자신의 의견을 당당히 말하지 못하고 눈치를 보던 부모님, 난 그게 다 가난한 집안사정 때문이라고 생각했다. 난 부모님처럼 살고 싶지 않았다. 가난한 부모님의 특성을 나에게서 지우려고 노력했다. 성공 비법을 소개하는 자기계발을 통해 나를 새롭게 구축하려 했다. 하지만 그 또한 쉽지 않았다. 나를 보는 시선 정도는 수정할 수 있어도 자신을 완전히 바꿀 수는 없었다.

난 이제 음식 중에 김치를 가장 좋아한다. 흑돼지, 피자, 육회, 치킨, 장어 등 여러 음식을 먹어봐도 결국 김치 없이는 내 침샘이 자극되지 않는다. 삼십 년이 넘는 세월 동안 내 입맛은 익숙한 맛에 적응해버린 것이다. 나 빼고 다 행복해 보이는 이유, 언제나 내 발목을 잡는 가족, 돈 계산할 때마다 망설이게 되는 가난함을 해결하고 싶어 책을 읽어 나갔다. 책을 통해 아픔을 자긍심으로 변화시키는 다양한 사람들을 만날 수 있었고, 몇 명 없지만 나와 비슷한 아픔을 지닌 사람들과 서로를 응원하며 친구가 되어갔다. 숨기고 싶은 비밀들 때문에 서로 사랑을 주고받고 성장할 수 있게 된 것이다. 여전히 먹고 싶은 것 앞에서 돈 계산하느라 바쁘지만 소중한 사람에게 맛있는 것을 사줄 수 있게 되어 마음의 불안이 좀 씻겨내려 간 것 같아 기쁘다.

생각해보니 나, 성공했네!

 글쓰는 청소부 아지매
아들아, 너도 나처럼 반찬을 하나 더 잡았다 놓았다가 했다는 게 정말 내 살을 오려내는 듯한 아픔으로 다가온다. 내 운동화 사준 돈으로 통닭 사 먹지 그랬냐. 나는 운동화보다 너희 건강이 더 소중하다.

 모모
나도 학교 다닐 때, 기초생활수급자라서 힘들었던 적이 있어. 나는 숨기고 자시고 할 것 없이 선생님들이 티 나게 챙겨줘서 애들이 다 알고 있었지. 우유 공짜로 먹는다고 애들이 내 것도 다 뺏어 먹었던 기억이….

8년 만에 만난
아버지

아버지가 집을 나가고 오랫동안 보지 못했다. 아버지를 보고 싶었는지 보기 싫었는지 모를 정도로 바쁘게 살아왔다. '몸이 멀어지면 마음도 멀어진다'는 속담처럼 8년이란 시간은 아버지라는 분이 있었다는 정도의 기억만 떠오를 뿐이었다.

8년 만에 아버지를 만났다. 아버지는 어머니와 이혼을 하기 위해 나의 도움을 청하러 오셨다. 그동안 집에서 쫓겨나다시피 나와서 낮에는 직장에서 일하고 밤에는 지하철역에서 주무셨다고 했다. 그나마 지금은 어느 분과 만나서 함께 살고 계셨다.

아버지에 대한 미움은 없었다. 한때는 툭하면 화내고 집 정리도 제대로 안 하는 엄마를 속으로 미워하고 아버지 편을 들기도 했었다. 지금도 어렴풋한 기억에 함께 축구하고, 학교 숙제를 도와주시던 기억이 있지만, 결국은 아들과 아버지라는 명분만 남았다. 그래도 아버지이기에 이혼 후에도 몇 번 찾아갔었다. 세월의 무게 때문인지 조금씩 작아지는 듯한 모습이 안타깝기는 했지만, 과거에 엄마와 매일 싸우고 무기력하시던 그때보다는 나아 보였다. 어릴 때는 분명 커 보였는데 작아진 아버지 모습은 아버지를 남자로서 다시 보게 했다.

지난 8년 동안 내게 아버지는 없었다. 매일 함께 살아가는 가족과 내 삶의 미래를 걱정하느라 아버지 생각을 하지 못했다. 몇 번 엄마와 재결합을 추진하려고 찾아간 적이 있지만 엄마의 강력한 반대에 모두 무산되어버렸다. 엄마는 아버지 얘기만 나오면 화를 내셨다. 아버지에게 자식들을 뺏길까봐, 자식들에게 아버지가 짐이 될까봐, 아버지의 배신에 대한 분노가 아직 마음에 남아 있는 듯하다.

잠깐 한눈을 파시기는 했지만 나는 아버지를 미워하진 않았다. 힘든 현실에 서로를 위하는 마음의 거리를 좁히지 못했기에 그럴 수밖에 없었다고 생각하기 때문이다. 아직 아버지를 만나면 어색하고 무슨 말을 해야 할지 모르겠다. 그리고 뭔가를 해주시려 하거나 뭔가를 바라는 것 같으면 한걸음 물러서게 된다. 아직은 어색하지만 어머니와 나의 관계가 회복된 것처럼 자주 찾아 뵙고 함께하는 시간을 늘린다면 관계가 이어질 수 있지 않을까. 8년 만에 만난 아버지는 내게 힘겨운 삶을 살아온 한 남자로 다가왔다.

글쓰는 청소부 아지매

부부의 인연으로 맺어진 이상 그 집 가풍에 맞추고 도리를 지키며 힘들어도 함께 살려고 했었다. 많은 생각과 고민을 했지만 깊은 갈등으로 인해 어쩔 수 없이 각자 다른 길을 갈 수밖에 없었다. 사람이란 모름지기 입과 행동이 무거워 남의 말을 듣기 전에 수백 번 생각하고 결정해야 된다고 생각한다. 그런 면에서 너희 아빠랑 나는 잘 안 맞았다.

꿈야신

이해합니다. 장 여사님!

오모

몸이 멀어지면 마음도 멀어지는 이유도 있지만, 딱히 나에겐 좋았던 기억이 별로 없어. 나는 그때 너무 어려서 아무 것도 기억이 안 나거든.

시련은
긍정의 준비소리

외적으로 어려울 때일수록, 내적으로는 더 심화되고 '마음의 문'이 열려서 인생을 더 깊이 볼 수 있습니다. 지금이 만약 시련의 때라면 오히려 우리 자신을 보다 성장시킬 기회가 주어졌다고 생각하세요.

– 김수환, 〈바보가 바보들에게 1〉 중에서

나는 가족의 시련이 있을 때마다 긍정적으로 보려 한다. 긍정이라도 하지 않으면 힘든 상황이 주는 불안에 잡아 먹힐 것 같기 때문이다. 어떻게든 시련을 기회로 살릴 방법을 모색하며, 항상 가슴에 희망을 담아두려고 노력한다. 하지만 백날 마음가짐을 다 잡아봐도 가족의 사건, 사고가 일어나면 긍정적인 태도를 유지하기 힘들다.

그날도 시작은 순조로웠다. 오랜만에 일찍 일어나 새 옷을 입고, 머리에 힘도 줘서 기분 좋게 출근했다. 몇 달을 기다리던 중고 카메라도 좋은 가격에 구매했다. 무엇보다도 내가 회사에서 처음으로 전담한 프로젝트를 납품하는 날이었다. 납품 마감을 위해 기분 좋게 저녁을 먹고 자리에 앉았다. 그러나 기쁨도 잠시 핸드폰에는 열 통이 넘는 부재중 통화가 남겨져 있었고, 모두 엄마와 동생에게 걸려온 것이었다. 뭔가 불길했다. 무소식이 희소식이라고 여겨질 만큼 가족의 전화는 반갑지 않았다. 왜냐하면 가족의 전화는 좋은 일보다 사건, 사고가 발생했을 때 주로 걸려왔기 때문이다.

어쩐지 요즘 불안할 만큼 평화롭게 흘러간다 싶었다. 최근에 동생과 엄마가 자주 언성을 높이며 싸우는 모습, 동생이 두통을 호소하는 횟수 등 뭔가 일이 날 것 같기는 했다. 하지만 잦은 야근 때문에 엄마와 동생에게 신경을 쓰지 못했더니, 마치 소설 〈운수 좋은 날〉처럼 기분 좋은 하루의 마지막에 극적인 반전이 기다리고 있었다.

갑자기 울린 전화의 첫마디를 듣는 순간, 그 자리에 풀썩 주저 앉아버렸다. 전화를 건 사람은 119구급 대원이었고, 그의 말인즉은 동생이 두통을 호소해 구급차를 타고 응급실로 가고 있다는 것이었다. 나는 다급하게 뒷일을 동료에게 부탁하고 급히 병원으로 향했다. 병원으로 향하는 중에 엄마에게서 전화가 왔다. 엄마는 동생이 그런 것도 못 참고 성급히 응급차를 불러 병원에 갔다고 화가 나 있었다. 웬만큼 아파도 병원비가 걱정돼 병원에 가지 않는 엄마에게 두통 때문에 구급차를 타고 간 동생은 이해하기 힘들었던 것이다. 엄마는 항상 화가 나면 반복적으로 '내가 죽어야지'라는 추임새를 섞어 하소연을 쏟아낸다. 그러나 무심결에 뱉은 말은 내 속을 긁어 놓는다. 엄마는 자책인지 협박인지 모를 그 말을 들을 때마다 내가 모든 걸 포기하고 싶어 진다는 것을 모를 것이다. '언제까지 가족의 문제를 내가 책임져야 할까' 하는 생각이 들면서 나도 모르게 눈물이 흘렀다.

그렇다고 감상에 젖어 나도 같이 답답함을 호소해봤자 누가 들어줄 것도 아니었다. 나라도 이성적으로 생각하지 않으면 상황은 더 나빠질 뿐이었다. 엄마가 어떤 험한 말을 하더라도 맞장구 치면서 엄마를 안정시키는 게 우선이었다. 내가 거기에서 말대꾸를 해봤자 엄마는 자기 말을 안 들어주니 더욱 화가 날 것이 뻔했다. 맞장구가 효과를 보는지 엄마의 화는 조금 수그러졌다. 이때다 싶어 나 혼자 응급실에 들러 동생을 데리고 가겠다고 설득했다. 엄마가 가봤자 동생을 야단칠 것이 뻔했기 때문이다. 전화를 끊고 잠깐의 고요함이 찾아오자, 문득 이 모든 문제에서 도망가고 싶어졌다. 나는 행복하게 살아보겠다고 이렇게 노력하는데 엄마는 화만 내고 동생은 매번 사고를 치다니, 원망스러웠다. 이런 상황에서도 병원비를 걱정하며 셈을 하고 있는 내 모습이 찌질하고 부끄럽게 느껴졌다. 그래도 이까짓 문제로 가족을 포기할 순

없었다. 오히려 어려움이 있어야 행복이 온다고 주문을 되뇌면서 택시를 타고 응급실로 향했다.

다행히 동생은 스트레스로 인한 호흡곤란과 두통으로 간단한 검사를 받고 병원을 나올 수 있었다. 상황을 돌이켜보면 엄마와 동생의 이야기를 많이 들어주지 못한 것이 한 원인이었던 것 같았다. 동생과 나는 응급실을 나와 초가을 선선한 바람을 맞으며 함께 벤치에 앉았다. 힘없어 보이는 동생에게 아무에게나 안 내주는 무릎베개를 내밀었다. 눈물 자국이 남아 있는 동생에게 스마트폰을 건네며 오늘 느낀 감정이나 있었던 일들에 대해 써보라고 했다. 추궁하듯이 묻기보다는 글을 씀으로써 가슴에 담아둔 감정을 다 토해내도록 돕고 싶었다.

글이 어느 정도 마무리되자 따뜻한 밥을 사주기 위해 식당을 찾았으나 밤늦은 시간이라 영업하는 곳이 없었다. 결국 편의점에서 우유 세 개를 샀다. 얼마나 배가 고팠으면 동생은 우유를 단숨에 들이켰다. 이 모습을 보고서야 마음을 쓸어 넘길 수 있었다. 얼마나 울었으면 동생의 눈은 퉁퉁 부어 있었다. 집으로 향하며 최대한 동생의 이야기를 들어주려 했다. 집에 들어가기 전에 동생에게 우유 하나를 내밀었다. 먼저 엄마에게 걱정 끼쳐드려 죄송하다는 말을 전해보라고 권했다. 문이 열리자 마자 동생은 부리나케 달려가 엄마에게 우유를 전했고, 엄마도 동생의 말에 쑥스러운 미소를 애써 감추며 말을 아꼈다.

"우유 식기 전에 당장 뜯어먹어봐~"

모른 척 농담을 던지고는 씻으러 화장실로 향했다. 씻고 나오니 두 여인은 코를 골면서 자고 있었다. 언제 그랬냐는 듯이 서로 부둥켜안고서.

가족의 시련은 긍정의 죽비소리 같다. 각자의 일상에 덮여 서로를 보지 못할 때, 따끔한 시련으로 서로의 존재를 깨닫게 하니 말이다. 이제는 '이쯤이면 시련이 올 때가 됐는데…' 하고 예측하기도 한다. 언제부터인가 가족 문제를 긍정하기 시작했다. 긍정 말고 다른 선택을 할 수 없기 때문이기도 하다. 시련을 그대로 받아들이거나 도망가면 시련에게 잡아 먹혀 옴짝달싹 못하게 된다. 마치 나의 불안함을 먹이 삼듯이 시련은 끝까지 따라와 더 커져 간다.

또한, 시련을 해결해 원점으로 돌리는 것만이 아니라 시련을 통해 나를 성장시키려 욕심 내본다. 시련은 나를 성장시킨다고 믿는다. 실연을 겪었을 때도, 몇 년간 취업을 못했을 때도, 회사를 때려치우고 싶었을 때도 잘 넘기고 나니 시련이 성장의 밑거름이 되었다. 그때는 정말 미치도록 힘들었지만 딱 그만큼 성장했다. 물론 시련을 잘 해결했을 때 이야기지만 말이다. 여기서 잘 해결해냈다는 것은 실패를 하더라도 그 일로 인해 내 영혼의 성장에 도움이 되는 경험을 하는 것이다. 나는 내일 무슨 일이 일어날지 알 수 없지만, 다시 시련이 와도 바늘구멍 같은 긍정을 찾으려고 또 노력할 것이다.

새벽의 차가운 기운이 두 여인의 눈에 내려앉아 내일이면 퉁퉁 부어오른 눈을 가라앉혀 주면 좋겠다. 엄마와 동생의 눈은 하룻밤의 성장통 만큼이나 엄청 부어오르겠지만.

 모모
그날 기분이 좋았을 텐데, 나 때문에 기분 저하되게 만들어서 미안해. 하지만, 갑자기 머리가 깨질 듯이 아파서 어쩔 수 없이 119를 불렀어. 병원에 와서 좀 괜찮아졌을 때 나도 돈 걱정했는데 돈이 안 들었다니 다행이야. 그리고 그때 벤치에서 감정을 글로 써서 좋았어.
대화가 부족하면 서로의 마음을 모르게 되는 것 같아.

글쓰는 청소부 아지매
나는 아직도 그때 일을 생각하면, 지금도 순간적으로 불안하구나. 그리고 119구급차 부르면 비싼 돈 내야 하는 줄 알았다. 모모 마음 헤아리지 못하고 화내서 미안해. 지금 여유로운 마음으로 생각해보면, 그때, 모모 마음이 이해된다.
나는 집에서 걱정과 조바심으로 애를 태우고 있었지만 너는 회사에서 맡은 중요한 일을 동료에게 부탁하고 마무리 못했었구나. 내가 해야 될 일을 피곤했을 너에게 맡겨 미안해.
네가 모모에게 가준 걸 미안하고 고맙게 생각한다.

> **꿈야신**
> 엄마가 돈 걱정했던 이유, 이제는 알아. 결국 그 돈은 나하고 동생 호주머니에 넣어줄 돈이었다는 것을. 엄마, 이 모든 것도 추억이 되겠지?

> **모모**
> 엄마, 말의 중요성을 느낀다면 '내가 죽어야지'란 말을 함부로 하지 않길 바래. 나도 그 말 들으면 불안해.

속마음

앞만 보고
달리던 소녀,
엄마

기억나지 않는
내 삶의 반시간

혼자 산 세월이 많이도 흘렀다. 딸이 초등학교 4학년 1학기 되던 때, 남편과 헤어지게 되었다. 혼자가 되고 1남 1녀를 둔 여성 가장이자 세대주로써 사회에 첫발을 딛고 일어서려고 많이 노력했다. 젊은 시절, 공장이나 농장에서 일했던 거 외에는 직장 경험이 없고 특별히 배운 기술도 없어서 다시 일을 하기까지 어려움이 많았다.

백화점 청소부, 간병일, 건물 화장실 청소, 공공 근로, 폐휴지 박스 줍는 일, 음식물 쓰레기통 씻는 일 등 돈을 벌 수 있다 싶으면 주저하지 않고 일했다. 자식들 학비와 공과금, 생활비를 마련하기 위해서는 하루에도 여러 일을 해야 했다.

어떤 날은 오후 3시에 음식물 쓰레기통 씻는 일을 끝내고 박스 정리해서 고물상에 갖다 주고, 건물 화장실 청소 해놓고 저녁 9시가 넘어 집에 도착했다. 그날은 통 씻는 일이 늦게 끝나 돈을 적게 받더라도 박스 정리를 대충하고 고물상 사장님께 리어카 대신 차로 실어다 달라고 부탁했다. 차로 실어내면 돈을 적게 받기 때문에 내가 하려고 했지만 도저히 힘들어서 못할 것 같았다.

씻고 누우니 온몸이 피곤했지만 밤새도록 잠이 오지 않았다. 가장이 되면서 여러 걱정이 머리에서 떠나지 않아 도저히 잠을 잘 수 없었기 때문이다. 나 때문에 공부에 전념하지 못하고 알바를 하는 아들, 매일 집에만 있는 딸의 미래, 내 인생이 너무 허무한 것 같다는 걱정과 후회, 답답함이 머리에 가득 차 어두운 방에 가만히 앉아 있었다. 잠이 오지 않아 TV를 보거나, 밀린 손빨래를 하기도 했지만, 몸이 더 피곤할 뿐이었다.

동서남북 뒤도 돌아보지 않고 앞만 보고 열심히 살아온 내 인생. 젊은 나이에 혼자가 되었어도, 자식들에게 부끄럽지 않은 엄마가 되려면 '절대 사람으로서 하지 말아야 할 행동은 하지 말아야지' 하는 마음으로 한 눈 팔지 않고 살았다. 아는 지인분들한테 자식들이 나 때문에 손가락질 받는 일 없게 하려고 남자 한 사람 사귀지 않고 꿋꿋하게 인내하면서 선하게 착하게, 곧고 올바른 대나무처럼 앞만 보고 살아왔다.

너무 앞만 보고 살아서 그런지 가끔 아들이 과거를 물을 때면 기억이 잘 나지 않는다.

모모

남자 사귀지 않고 꿋꿋하게 살기로 했다고 적었는데…
엄마, 초심을 찾자. 요즘 연애하는 것 같던데.

꿈야신

엄마, 지금이라도 고백할게. 엄마의 고생도 모르고 나는 학창시절에 학
용품 산다고 거짓말하고 다른 곳에 썼어. 아니, 고생하는 줄은 알았으나
외면하고 나 살기 바빴달까. 가족보다 나의 미래가 더 소중했었거든. 그
러나 이제 가장 노릇해보니 밥벌이의 무게가 얼마나 무거웠는지 이제 이
해되네. 아파도 일하러 나가던 엄마. 남은 삶의 반시간을 함께 추억으로
채워나갑시다!

소녀의 입맛을
기억합니다

지금 부모님 두 분 다 돌아가시고 계시지 않지만 돌아갈 수 있다면 엄마, 아버지하고 부러운 것 없이 살았던 10대에서 27세의 나이로 돌아가고 싶다. 어릴 때 늘 그 장소에만 있던 삐삐나 쑥 캐먹었던 기억, 앵두 익은 것 따먹었던 기억, 엄마 아버지 따라가다 목화 보드라운 것 따먹었던 추억, 무 한 개 뽑아서 껍질 벗겨가면서 맛있게 먹었던 기억, 원두막에서 포도를 따서 맛있게 먹었던 일.

감꼭지를 짚에다 끼워서 집에 가져오곤 했었다. 구슬치기도 많이 하고 고무줄 놀이도 하고, 줄넘기도 많이 하고 콩주머니 놀이도 많이 했었다. 그 시절로 돌아가고 싶다. 그 시절이 제일 좋았었다.

어릴 때, 아재(아저씨)라고 부르는 친척의 밭 언덕에는 맛있는

'삐삐'가 있었다. 삐삐는 길고 가늘면서 약간 통통하게 생겼다. 보리처럼 생겼던 초록빛 삐삐는 보드라울 때 먹으면 굉장히 담백하고 맛있었다. 하얀 속살을 뽑아 먹다보면 삐하고 소리가 났다. 삐삐는 아무데나 있는 것이 아니었기에 나름 귀한 먹거리였다. 하얀 솜처럼 생긴 삐삐의 맛은 담백하고 고소한 맛이 있었다. 삐삐를 먹을 수 있는 시기도 정해져 있었는데, 시간이 지나 너무 커버리면 속살을 먹을 수 없었다. 너무 늙어버리기 때문이다. 보드라울 때 먹어야 되기 때문에 힘은 들어도 삐삐가 자라는 곳을 찾아다녔다. 게다가 과연 먹을 때가 적합한지 파악도 해야 해서 신경을 많이 썼다. 그만큼 노력과 성의를 보여야 그 맛을 느낄 수 있는 것이 '삐삐'였다.

학교 다닐 때, 점심도시락 반찬은 주로 김치였다. 그래서 가끔 당번이 급식 통을 들고 급식실로 가서 빵을 받아오는 날은 특별한 날이었다. 모두에게 빵을 나눠주고 1개가 여유롭게 남을 때마다 담임선생님께서는 그 빵을 나에게 주셨다. 받은 빵은 엄마, 아빠에게 드리려고 책보자기에 싸서 집으로 가져갔다. 그 빵이 얼마나 맛있었는지 아직도 기억이 난다. 엄마, 아빠에게 그 빵을 드리면 "빵의 크기도 크다."라고 좋아하시면서 맛있게 잘 드셨다. 맛있게 드시는 모습만 봐도 마음이 기뻤다.

지금 생각해도 힘닿는 데까지 나에게 빵 한 개를 남겨 주신 담임선생님 정말 감사했습니다. 항상 건강하십시오.

모모

먹을 건 소중하지!

엄마의 나눔이 그때부터 시작되었나 보네.

꿈야신

검색창에 아무리 빼빼라고 쳐봐도 그 맛있다는 '빼빼'를 못 찾겠더라.

근데 엄마에게도 '엄마, 아빠'가 있었다는 사실을 이 글을 통해서 새롭게

깨달았어. 항상 '할아버지, 할머니'라고 생각했지, 엄마의 부모님이라고

인식했던 적은 없었거든. 엄마의 어린 추억을 들으니까 갑자기 엄마가

어려보이네. 엄마 어릴 때 사진 한 번 꺼내봐야겠다. 갑자기 엄마 젊었을

때가 궁금해졌어.

어머니,
아버지에 대한 추억

아침에 우리 아들하고 〈님아, 그 강을 건너지 마오〉라는 슬픈 영화를 보았다. 연세 많으신 노부부가 항상 다정하고 어디를 가더라도 두 손을 꼭 붙잡고 다니시는 모습을 보고 부러웠다. 산에 올라가서 지게를 가지고 가서 땔감나무를 해와서 방안을 따뜻하게 하는 모습과 항상 산을 가든지, 병원을 가든지 꼭 두 사람이 함께 같이 동행하는 모습을 보니 사람 사는 것이 별것이 아닌데 나도 저렇게 살아야 되는데 하는 마음이 들었다. 한편으론 나도 저런 분을 만나서 저렇게 한 번 살아봤으면 하는 생각이 가슴 한 구석을 치밀어 오곤 했다. 친정아버지 생각이 나기도 했다.

영화 속 할아버지는 친정아버지처럼 자상하고 인자하고 정도 많은 사람이었다. 할머니, 할아버지가 두 손을 꼭 붙잡고 다정한 대화 속에 항상 서로를 생각해주고 배려해주고 아껴주는 그 마음이 정말 좋았다. 그런데 결국 나중에는 할아버님이 건강이 악화되셔서 병원에 입원해 계시다가 결국 돌아가셨다. 할머님이 그 먼 곳에서 이 옷 입고 춥지 않게 지내시라고 눈물을 흘리면서 할아버지의 옷을 아궁이 안에 태우는데 정말 목이 메여 눈물이 비 오듯 걷잡을 수 없이 흘러내렸다.

할아버지가 건강이 나빠지셔서 누워있는 모습을 보니 우리 친정아버지 모습과 똑같았다. 효도하지 못하고 속만 썩이는 것이 후회되었고, 맛있는 것, 옷 한 벌 못 사드린 것이 정말 가슴 아프도록 후회되었다. 나도 나이가 들고 있지만 자기가 아끼던 모든 것을 두고서 눈물을 흘리면서 가시는 모습을 볼 때 정말 가슴이 미어지도록 마음 아팠고 눈물이 났다. 왜 가슴이 그렇게 아팠는지? 왜 이렇게 슬플까? 생각하면 생각할수록 눈물이 왜 그렇게 나는 것인지? 정말 알다가도 모를 일이다.

가슴이 아팠다. 할아버님이 땅 속에 묻힌 크고 둥근 묘지를 보니 정말 가슴이 미어지고 찢어지도록 가슴이 아팠다. 할머니가 할아버님을 보내드릴 때 그 곳에 가서 잘 계시라고 나도 곧 따라서 갈 테니까 먼저 잘 계시라고 말씀하시는데 마음 아팠다.

그러고 보면 엄마에 대한 기억은 잘 나지 않는다. 엄마가 몇 년도에 돌아가셨는지 기억이 나지 않는다. 기억하고 싶지가 않다. 어느 날, 엄마가 걱정이 돼서 전화 드렸더니 동네교회에서 차가

와서 엄마를 모시고 병원에 간다고 했다. 왜 병원에 가느냐고 물어보니까 감기인데 낫지 않아서 병원에 간다고 말했다. 그런데 다음날 청천병력 같은 소식을 들었다. 언니가 전화로 엄마가 위독해서 병원에 가보아야 된다는 것이었다. 그런데 언니와 나는 병원에 가보지 않았다. 왜 병원에 가보지 않았는지, 엄마가 위독하다고 하는데 왜 병원에 가지 않았는지…생각이 나지 않는다.

지금 생각해도 그때 왜 그랬는지 아직도 무슨 영문으로 그런 행동을 했는지 지금도 생각이 나지 않는다. 나중에 언니와 내가 병원에 가보니 엄마의 모습은 보이지 않고 초상화가 놓여져 있고 옆에 국화가 많이 놓여져 있었다. 정말 기가 막히고 황당했다. 현실이 믿기지 않았다. 큰 오빠와 작은 오빠, 그리고 언니, 친척분들이 다 도착하고서야 엄마가 돌아가셨다는 것을 실감할 수가 있었다. 그렇게 돌아가실 줄은 꿈에도 생각 못했다. 서울 교회에서 많은 분들이 오셔서 음식을 차리고 준비하고 분주하게 움직이고 계셨다. 그렇게 가실 줄은 몰랐다. 정말로 엄마한테 큰 죄를 짓고 말았다. 평생 부모님께 효도하지 못한 것도 큰 죄이건만 위독하다는데 가보지 않았으니 어찌 그 죄를 다 갚을까.

엄마의 장례식 날, 경산 청도 묘지공원에 갔었는데 큰 오빠와 작은 오빠, 언니, 형부가 차례대로 삽에 흙을 담아서 엄마께 드리고 나의 차례가 되었다. 그런데 왜 그렇게 눈물이 나는지, 마지막 가시는 길, 내가 엄마한테 효도 한 번 하지 못하고 돌아가시기 전까지도 부모님께 걱정을 끼쳐드렸으니 자식의 도리 하나 제대로 못했다. 이제 정말 보고 싶어도 볼 수 없는 엄마, 이제 이 삽으로 흙을 담아서 엄마한테 드리면 영영 볼 수 없는 엄마, 생각만 해도 눈물이 계속 났다. 나는 푹 주저앉아 "엄마, 나를 두고 가면 어떡하노", "나를 데리고 같이 가야지"하면서 눈물을 흘리며 외쳤다.

너무나 죄송했다. 엄마한테 막내딸이 걱정만 끼쳐드린 기억밖에 생각나지 않았다. 우리 엄마 따라서 가고 싶은 생각밖에 나지 않았다. 장례식 끝나고 사모날 지내고 집 정리하면서 엄마 물건 하나라도 더 챙겨오려고 노력했다. 이제 다시 못 보는 엄마이니 물건을 보면서라도 추억하고 싶었다. 집 정리까지 끝나니 가족 모두 각자의 집으로 헤어졌다. 영원히 볼 수 없는 우리 엄마, 그곳에서 편히 잘 계시라고 마음속으로 보면서 눈물을 흘리면서 무거운 발걸음을 돌렸다.

엄마, 사랑하는 우리 엄마.

고생만 하시고 이 못난 막내딸에게 효도 한 번 받아보지 못하고 눈을 감으신 엄마.

정말 죄송합니다. 그리고 우리 엄마, 너무너무 사랑합니다.

영원히 그 곳에서 편히 잘 계시길. 엄마, 다음에 또 올게.

모모

엄마, 나이가 들수록 건강이 안 좋아지면, 빨리 병원 가서 치료를 받고 초기에 건강을 되찾아야 해. 그래도 나이는 숫자에 불과하니까, 같이 운동할래?

꿈야신

가끔 나도 엄마가 돌아가시면 어떤 심경일까 걱정될 때가 있어.
아무 감정이 없을 것 같다가도 엄마 사진을 보면 가슴이 미어지더라. 할머니 사진을 보며 눈물을 감추는 엄마의 모습을 보면 내 미래의 모습 같기도 하고 안타깝기도 하더라.
이번 명절에도 외할머니, 외할아버지 산소에 내가 데려다 줄게. 렛츠고!

청소하면서 마주친
고마운 마음들

몇 년도인지는 확실히 기억나지 않는다. 공공근로자를 신청하러 동사무소 갔을 때 어떤 일을 할 수 있겠느냐고 물을 때 나는 가급적이면 십 원이라도 더 받을 수 있는 일을 하겠다고 자신 있게 말했다. 그래서 맡은 일이 아주 큰 음식물 쓰레기통들을 씻는 일이었다. 음식물 쓰레기통을 씻으려고 뚜껑을 열면 통 안에서 이상한 벌레가 기어 올라왔다. 그래도 참고 더럽혀진 통을 열심히 깨끗이 씻었다. 깨진 음식물통은 동사무소에 가지고 가 수돗가에서 통 안팎을 깨끗이 열심히 씻었다. 비가 오나 눈이 오나 하루도 빠지지 않고 맡은 바 열심히 일했다.

일하는 도중 정말 고마운 분들도 많았다. 한 중화요리 집에서 우리들 보고 추운 겨울날 수고한다고 뜨거운 물을 한 바가지 주셨다. 필요하면 더 가져다 쓰라고 했다. 아직까지 고마운 마음씨를 잊지 못하고 있다. 함께 일했던 정아 엄마도 얼마나 고마운 분인지 모른다. 비 오는 날이나 날씨가 맑은 날도 항상 일 마치고 나면 정아엄마 집에 가서 샤워하고 국과 밥을 같이 먹었다.

정아 엄마와 나는 마음이 잘 맞았다. 어느 겨울에는 정아 엄마가 배추를 소금에 절여주어서 집에 가지고 와서 김치를 담갔다. 지금까지도 그 따뜻한 마음을 잊지 못한다. 말 한마디라도 따뜻하게 말해주고 정도 많고 성격도 너무 좋은 정아엄마였다. 어디에 있든 건강히 잘 계시길 마음으로 빈다.

평상시에 만나는 사람들과 친절한 말씨, 다정한 말을 주고받으면서 추운 날씨에도 서로를 따뜻한 온기로 체온을 나눠주며 서로를 부둥켜안는다. 영원히 향기 나는 것을 사람들에게 전해주고 싶다. 우리의 다정한 말들이 모든 사람들의 가슴에 '찡' 하게 전해지는 기쁨의 말이 되고 마음의 안정감을 전해 아침의 햇살이 조금씩 더 밝아지게 되었으면 좋겠다. 매일 주위 사람들에게 따뜻한 물을 주는, 진심 어린 마음으로 다가가 지혜롭고 고운 말씨를 주고받도록 하게 하여 주소서. 항상 다소곳하고, 되도록 침묵의 마음으로 살고 싶다.

꿈야신
엄마는 한 송이 민들레 같아. '감사하는 마음'으로 '행복'을 나누는 민들레의 꽃말처럼 말없이 침묵의 향기를 전해주는 엄마. 그래서 엄마 주변에 좋은 지인들이 많은가 보다^^ 인복이 많구만!

길거리에서 주운
보물들

한때는 한 달에 5만원씩 받고 병원에서 나오는 종이박스 정리
및 운반하는 일을 했던 적이 있다. 조금이라도 더 벌어서 자식들
고기라도 사 먹이고 싶은 마음에 일 끝나고 그런 일들을 했다.

음식물 쓰레기통 씻는 일을 마치고 집 근처 병원으로 가서 종
이박스, 물랭이(부드러운 플라스틱 약병 같은 것), 알루미늄 캔, 고철, 파
지류 등을 정리 리어카에 실어 고물상에 가져갔다. 고물상에 도
착하면 종이박스를 덜어내고 다시 병원에 가서 리어카에 물건을
순서대로 차곡차곡 실어 날랐다.

병원 일이 끝나면 집 근처 PC방에 알루미늄 캔(그냥 캔들이 더 많
이 나온다)을 정리하러 가기도 했다. 어떤 날은 PC방에 가려는데 모
르는 분이 큰 종이박스를 여러 개 준 적이 있다. 리어카가 가득 차

기분이 좋았다. 한 번의 리어카를 실어내고, PC방에 올라가 캔을 발로 밟아 납작하게 만들어 포대에 차곡차곡 넣었다. 포대를 짊어지고 내려와 아무도 모르는 곳에 포대를 감췄다. 늦은 시간이라 고물상이 문을 닫았기 때문이다. 다음날 문 열자마자 팔아야 하는데 너무 무거워 가져갈 수 없었다. 모두 팔면 돈이 꽤 되는 것들이었다. 애들 필요한 돈 줄 수 있으려면 더 모으고 절약해야 했다.

병원과 고물상을 왔다갔다 하다보면 컴컴한 밤이 되어서야 집으로 발걸음을 옮길 수 있다. 시간은 늦었지만 내 할 일을 다 마무리하고 가는 발걸음은 가볍다. 집에 늦게 도착해서 간단히 밥을 먹고 씻고 TV를 보다가 20~30분 잠을 자고 다음날 또 일터로 향했다.

꿈야신
학교 다닐 때, 엄마가 주던 만 원이 얼마나 소중했는지 글을 쓰고 대화를 하면서 알게 됐어. 종이, 캔, 헌 옷, 고철 등 리어카 가득 담아 2~3일은 일해야 만 원을 벌 수 있었다는 것도 말이야. 나는 학교 구내식당에서 가장 싼 음식만 먹을 수밖에 없는 주머니 사정에 서러워할 때, 엄마는 일하느라 굶거나 김치에다 대충 먹었다고 생각하니 마음이 찡하네. 그 숨겨진 이야기를 듣고 나니 궁핍하던 내 마음이 고마운 마음으로 가득 차는 것 같아. 엄마, 고맙고 사랑해♡

모모
엄마, 돈 버는 것도 중요하지만 건강부터 생각해.
푹 자야 건강하다!

국가가
내게 해준 일

젊은 나이에 혼자 어린 자식을 데리고 사는 세대주로서 생활이 막막했다. 처음에는 동사무소에서 하는 공공근로를 했다. 국가에서 일자리도 주고 여러모로 도움을 줘서 다행히 자식들 학교 보낼 수 있었다. 국가에서 도움을 주지 않았더라면 어떻게 어린 자식들을 대학교까지 보낼 수 있었을까. 항상 고맙고 감사하게 생각한다.

처음으로 도움을 받은 곳은 동사무소였다. 공공근로를 신청하기 위해 동사무소를 여러 번 찾아갔었다. 무슨 일이라도 좋으니 시켜만 달라고 했지만 다른 일자리 알아보라는 대답만 돌아왔다. 나는 나이도 많고 허리 등 아픈 곳이 많아 다른 일자리는 알아보지 못한다고 했다. 나이도 젊고 아픈 데가 없으면 딴 일자리 알아보지 왜 동사무소에 와서 이렇게 사정을 하겠느냐고 말했다. 갈데가 없으니까 이렇게 사정을 하는 것 아니냐고 일 좀 하게 해달라고 사정했다. 담당 공무원에게 며칠 있다가 전화하고 다시 오겠다고 전하고 얼마 지나지 않아 또 찾아 갔다. 오죽 답답하면 이렇게 계속 찾아와 사정을 하겠냐고 전했다. 며칠 지나서 또 전화를 하니 딴 일자리 알아보라는 말만 반복했다. 그래서 그날 당장 동사무소를 찾아갔다. 있는 그대로의 내 현실을 다시 전했다. 숨김없이 거짓 없이 있는 그대로 말했다.

"열심히 하겠습니다. 제가 아픈 곳이 너무 많아서 이 일 아니면 다른 일은 할 수 없습니다. 이왕 배려해주고 도와준 것 끝까지 이 일 더 할 수 있도록 도와주시면 감사하겠습니다."

결국 담당 공무원이 여러 방면으로 알아봐준 덕분에 지금 하고 있는 이 일을 할 수 있게 되었다. 동사무소를 얼마나 많이 찾아갔는지 모른다.

정말 열심히 일했다. 시켜주는 것이 고마워서 게으름 피우지 않고 최선을 다해서 열심히 일했다. 동사무소에서 내게 일자리를 마련해주어 항상 고맙게 생각하고 있다. 그래서 더욱 더 내 몸 아끼지 않고 최선을 다해서 일했다. 동사무소에 근무하는 사회복지사 선생님께도 정말 고맙게 생각한다. 직장 경험도 없지, 배운 기술도 없지, 애 아빠는 어디 있는지 알지 못하는 바람에 나는 과연 무엇을 해서 먹고 살아야 할지 앞이 캄캄해 우울증까지 겪었다. 나 몰라라 하지 않고 일자리를 알아봐준 동사무소 직원분들에게 정말 감사를 표한다.

　병원비 지원, 급식비 지원, 공납금 면제, 쌀값이 바닥이라지만 사먹기에는 부담이 되었는데 국가에서 도와주어서 밥 굶지 않고 살았다. 국가에서 초등학교부터 중학교, 고등학교, 대학교 학비를 지원해 주고 급식비도 지원해줘서 어린 자식들을 공부시킬 수 있었다. 국가에서 어려웠던 시절 배려해 준 기억은 한 번 더 이 글을 통해 고개 숙여 감사드린다. 평생 잊지 않고 받은 만큼 힘든 사람들을 보면 지나치지 않고 도우며 살아가려 한다.

모모
감사하긴 하지만, 한편으로는 무료지원을 받는 것이 괴롭힘의 원인 중 하나이기도 했어. 이해되기는 해. 누군 주고 누군 안주는 것이 마음에 들지 않았겠지. 하지만, 잘 알지도 못하면서 함부로 말하지 말았으면 좋겠어.

꿈야신
나도 국가에서 도와준 덕분에 대학교 등록금 걱정을 좀 덜었지. 그때의 고마운 기억 덕분에 힘든 애들을 보면 도우며 감사함을 갚아 나가야겠다는 마음이 생긴 것 같아. 고마운 손길의 선순환으로 사회가 더 따뜻해지길.

건강에 대한
불안감

　뜻밖에 안타까운 소식을 듣게 되었다. 처음에는 현실로 믿기지 않았다. 텔레비전에 출연할 때 마다 항상 인자하게 웃으시던 국민 배우였던 김자옥 씨가 돌아가셨다는 말이 믿기지 않았다. 정말로 예측할 수 없는 게 인생살이인가 보다. 어느 누구도 영원한 길을 가는 데는 젊은 사람, 연세가 있으신 분 절차가 없는 것 같다.

　사람은 한번 태어나면 언젠가는 한번은 죽음의 길에 이르게 된다. 태어나서 유아기-사춘기-청소년기-성인기-중년기-노년기의 시절을 지나는데, 노후를 어떻게 보내느냐에 따라 그 마지막이 달라진다. 알차고 즐겁게, 스트레스 덜 받고 선한 마음을 가지고 살아가야 생의 갈림길에 접어들었을 때 고통 덜 받고 생을 마감할 수 있다고 생각한다.

내 생의 마감은 어떨까? 사람다운 삶을 살아 보지도 못하고 눈을 감을 것을 생각하면 슬프고 눈물이 앞을 가린다. 뼈아프게 고생만 하고 앞만 보고 살아왔건만 나이가 이만큼 되고 보니 정말 아픈 곳은 많고 어깨는 무겁다. 긍정적인 생각을 하면서 살려고 해도 외로움을 떨쳐 버릴 수가 없다. 인생살이가 이런 것인가 보다. 착하게 살려고 노력하면서 살아왔건만 왜 마음에 맞는 사람과 행복하게 살 한 번의 기회도 주지 않는지 정말… 대접받으면 한번은 꼭 대접하면서 살았건만 왜 이렇게 불공평한 삶이 연속되는지…

매년 나이를 먹을수록 무엇하다가 이 나이가 되었는지 모르겠다. 앞만 보고 달려왔지만 건강이 좋지 않은 요즘 걱정이 많다. 보험도 하나 들어 놓지 못했지, 허리도 많이 안 좋지, 항상 걱정이다. 자식들에게 짐이 되지 않아야 되는데 자나 깨나 앉으나 서나 마음속에는 걱정뿐이다. 젊을 때는 쌀 한 가마, 반가마도 힘든 것 없이 들었는데 이제는 쌀 20kg도 들려고 하면 힘이 든다. 허리가 처음보다는 좋아졌지만 그래도 완전하게 낫지 않았기 때문에 걱정이다.

하지만 마음가짐을 바르게 가지고 곧고 올바른 대나무처럼 한마음으로 결심을 하고 살다 보면 내 허리도 좀 좋아질 날이 있을 것이라고 믿는다. 먼 훗날 찾아올 좋은 날을 손꼽아 기다리면서 살아갈 것이다. 나쁜 생각 절대하지 않고 걱정보다는 좋은 생각을 하도록 노력할 것이다. 내가 조금 희생하더라도 상대방을 많이 생각해주는 배려심이 절대 흔들리지 않고 꿋꿋하게 인내와 용기를 가지고 열심히 한 번 살아가다 보면 건강도 차츰 나아질 것이라 믿어본다. 건강도 사람 마음가짐에서 오는 것이라고 믿어본다. 좋은 생각 많이 하도록 노력해 볼 것이다.

근데 오늘도 하루 종일 집에서 고민만 했다.

 꿈야신
내가 피부과도 가고, 치과도 가고, 물도 많이 먹고, 약도 제때 먹고, 끼니 거르지 말고, 집에만 있지 말고 하루에 한 번씩 산책도 꼭 나가고, 서울 오고 싶으면 아무 때나 와도 되고, 내가 사준 화장품도 아낀다고 조금씩 바르지 말고 많이 바르라고 했잖아. 그리고 편지 보내면 답장도 해주고. 벌써 편지 보낸 지 반년이 다 되어간다. 하… 나도 모르게 또 잔소리를 해버렸구만.

 모모
혼자 희생하지 말고, 상대방도 함께 서로를 존중하고 배려하는 마음이 필요한 것 같아. 엄마, 행복하자~ 아프지 말고~

엄마
놀러 나가자

눈물

가요무대

우울

엄마
같이 밥먹자

세탁

중년의
아름다움에 대한 욕심

젊은 나이에 혼자되고 어린 자식을 데리고 앞만 보면서 '악착같이' 남에게 손가락질 받지 않고 살려고 앞만 보면서 피눈물을 흘리며 살아왔다. 지금도 경제적으로 어렵지만 욕심이 나는 것이 있다. 하나의 부질없는 욕심인지는 모르겠지만 중년의 아름다움을 조금이라도 가꾸면서 살고 싶은 욕심이 생긴다. 비싼 옷과 신발까지는 아니더라도 값이 싸도 되니까 예쁜 옷과 신발을 마음껏 사입고 싶다. 여자의 마음으로써 지나친 욕심, 과한 욕심인지는 모르겠지만 여자로서, 중년의 아름다움에 대해서 생각해보고 그 아름다움을 조금이라도 갖추면서 살고 싶은 생각이 든다.

아직도 내가 중년의 아름다움이라는 단어를 생각할 그런 가정형편은 아니지만 요즘 들어 여자로써 중년의 아름다움에 대해 한번 생각해보곤 한다. 아직도 딸, 아들을 결혼시켜야 되고 앞으로 열 개도 더 넘는 높은 산이 내 앞에 놓여 있지만, 아름다움에 대한 욕심, 중년의 나이에 아름다워지고 싶다는 생각을 하게 된다. 왜 갑자기 이런 생각이 드는지 모르겠다. 갑자기 안 하던 생각을 하게 되면 멀리 떠나게 된다고 하던데 내가 정말로 지나친 욕심을 부리는 것은 아닌지 걱정이 들기도 한다.

내가 다시 태어난다면 부모님께는 죄송하지만 많은 재산과 재물을 가진 집에서 태어나서 대학교까지 가보고, 내가 하고 싶은 일도 해보고, 예쁜 옷, 예쁜 신발, 먹고 싶은 음식, 내가 가고 싶은 곳도 어느 정도 가볼 수 있는, 하고 싶은 것도 원없이 할 수 있는 그런 가정에서 태어나고 싶다. 얼굴도 갸름하고 눈도 크고 코도 오똑하고 입도 예쁘고 몸매도 가늘고 싶다. 키도 큰 여자로 태어났으면 좋겠다. 어느 누구 앞에서도 당당하게 나설 수 있는 재능과 기술, 학벌과 지식을 갖춘 외모를 갖춘 당당한 여성으로 태어나고 싶다. 재력과 지식, 장래성이 있는 직업을 가지고 마음이 넓고 마음이 맞는 남자분과 만나 결혼해서 행복한 결혼 생활을 하고 싶은 간절한 마음이다.

아들아, 딸아, 너희들에게 미안하다는 말 밖에 할 말이 없다. 조금이라도 나의 마음을 이해해준다면 고맙겠구나. 못난 얼굴, 못난 외모가 아름다워지고 싶다고 바뀔 수가 있을까? '분수에 맞게 살아야지' 하는 생각이 절실하게 느껴지는데 그것이 잘 안 될 때가 있다. 나도 여자인가 보다. 아름다워지고 싶은 생각이 드니 말이다. 나도 중년의 아름다움에 대해서 한 번 생각해봐야 겠다는 생각이 들 때가 여러 번 있다. 지나친 욕심이겠지?

 모모
자기 스타일에 맞게 입으면 엄마도 한결 나아질 것 같아. 누가 뭐라 해도 마이웨이로 가자! 나도 다시 태어난다면 외모, 몸매 지상주의인 사회에서 예쁜 외모, 몸매로 태어나고 싶기는 하다. 이노무 세상!

꿈야신
엄마, 충분히 예쁘다! 아직 엄마가 대운이 오는 시기가 아니라서 그런 것 같아. 그렇게 걱정이면 나랑 쇼핑 가요. 대신 비용은 50대 50으로.

내 맘 같지 않은
연애

　가을이면 어디론가 떠나고 싶은 건 왜일까?

　아무도 모르는 곳으로 떠나 나 혼자만의 고독을 씹으면서 조용히 생각할 시간을 가져보는 것도 좋을 것 같다. 아무에게도 방해받지 않는 시간을 가지고 싶다. 젊을 때도 가을이 다가오면 외롭고 고독에 휩싸이는데 더군다나 나이가 들어서 중년이 되니, 가을이 다가오면 생각이 많아지고 고독해지고 외로워진다. 왜 사람이 더 절실하게 보고 싶어질까? 왜 한쪽 가슴이 뻥 뚫린 것 같은 생각이 들까? 너무나 두 사람이 사랑했기에 푸르던 잎이 알록달록한 색깔로 바뀌던 날, 나도 뜨거운 사랑을 했었던 적이 있었다. 얼마나 예쁜 시간이었는지 그때는 아름답다는 말을 달고 살았다. 그래서인지 가을이 되면 누군가가 그리워지고 누군가와 사랑을 한 번 해보고 싶은 생각이 간절해진다. 받은 것보다 주는 것이 더 행복하다. 주면 줄수록 내 마음속에 깊은 사랑의 넉넉함으로 채워지는 마음이 가득 차 가슴이 뿌듯해진다.

나는 나이에 비해서 남자를 사귄 경험이 별로 없고 남자의 심리에 대해서 잘 몰라 어떤 행동과 말을 해야 할지 막막할 때가 많다. 나와는 대조적이고 성격면이나 행동하는 것도 나와는 다른 사람을 만나면 당황스럽다. 사람이란 모름지기 마음을 보고 만나야 하고, 사람 위에 사람 없고 사람 밑에 사람 없다고 생각한다. 나 역시 상대에게 100% 마음에 들지 않을 수 있기에, 좋은 조언과 충고를 정말 감사하게 받아들인다.

단지, 상대가 너무 자신만만하게 하지 말아야 할 행동을 자주할 때는 마음에 들지 않는다. 물론 인간 대 인간으로서 상대를 믿고 싶지만 행동과 말을 무지막지하게 할 때는, 어째서 이 사람은 좋은 생각은 하지 않고 매사 그런 생각으로 마음이 똘똘 뭉쳐져 있는가 싶기도 하다. 예전에 자신이 진실되고 앞만 바라보고 사는 사람이고, 내 곁에는 항상 본인이 있다고 말했던 사람이 있었다. 나는 영 그 말이 믿겨지지 않았다. 나도 그 말을 믿고 싶지만 믿음이 가도록 행동을 해줘야 하는데 그렇지 않으니 믿음이 가지 않았다. 내가 뭐라고 하면 순간적으로 위기를 모면하기 위해 말한다는 생각이 들었다. 다른 예쁜 여자를 쳐다보고, 대화하는 것이 여자에게는 얼마나 자존심이 상하는 일인지 알까?

나는 곧고 올바른 대나무처럼 진실되게 생각하고 나에게 상처가 되는 말과 행동은 하지 않는 사람을 만날 것이다. 내가 상대를 믿어주는 것도 필요하지만, 상대 역시 나에게 확실한 믿음을 보여줘야 한다고 생각한다. 그것이 진정 서로를 생각하고 배려하는 마음일 것이다. 그때 그 분, 이제라도 마음 고쳐먹고 사시길 바란다. 본인을 위해서라도.

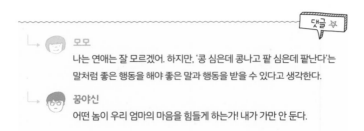

모모
나는 연애는 잘 모르겠어. 하지만, '콩 심은데 콩나고 팥 심은데 팥난다'는 말처럼 좋은 행동을 해야 좋은 말과 행동을 받을 수 있다고 생각한다.

꿈야신
어떤 놈이 우리 엄마의 마음을 힘들게 하는가! 내가 가만 안 둔다.

2장

이불 밖이
무서운 외톨이,
딸

사람이 그리워 나간
인터넷 모임

처음 인터넷 친목모임에 나간 이유는 사람들과 친해지고 싶은 마음 때문이었다. 집에만 있으니 쏟아지는 엄마나 주변 사람들이 '살빼라'는 식의 오지랖, 참견 섞인 강요를 피하고 싶었다. 그 중에 우연히 알게 된 모임 어플의 20~30대 친목모임에 나가게 되었다. 처음엔 같은 또래 사람들과 어울려 다니며 볼링 치고, 다트게임 하고, 대화하는 것만으로도 좋았다. 같이 고기도 구워 먹고, 맛집도 찾아다니며 또래와 어울리는 게 좋았다. 모임에는 어떤 참견도 강요도 없었다.

나는 내 방식대로 사람들과 친해지려 했다. 숟가락과 젓가락을 챙겨준다든지, 물을 챙겨준다든지, 술을 다 마시면 챙겨주는 식이었다. 그러나 점점 친목보다는 이성교제를 위해 참석하는 사람들이 많아지면서 내 목적과는 맞지 않는 모임으로 변해 갔다. 내 목적을 모르는 분들은 나의 친절함을 좋지 않은 시선으로 보거나 남자를 사귀기 위한 행동이 아니냐고 오해를 하고 놀렸다. 그런 오해를 자꾸 받으니 챙겨주기도 싫고, 말도 하기 싫고, 모임에 나가기도 싫어졌다.

여러 안 좋은 상황들을 본 것도 모임에 나가지 않는 이유가 되었다. 술을 많이 먹고 술버릇이 좋지 않거나, 여자 몸을 함부로 더듬거나 껴안는 사람도 있는가 하면, 그 자리에 오지 않은 사람에 대해서 험담을 하는 것이었다. 듣기로는 내가 없을 때 나에 대한 험담을 하기도 했다고 들었다.

또 그 모임에는 규칙이 있었는데, 나는 그 규칙을 이해할 수 없었다. 여성우대라고 하면서 모임비를 여성들에게는 받지 않고, 남성들에게만 회비를 받았다. 그로 인해 여성들은 모임에서 중요한 사람들이 되었다. 여성들이 탈퇴를 하거나 다른 모임에 가면 뒷담화를 하거나 카톡을 통해 왔다갔다 할거면 모임에 나오지 말라는 주의를 주기도 했다.

그래도 모임에서 만난 사람 중에 좋은 사람들도 있었다. 그 중에 나를 잘 챙겨주던 언니가 있었는데, 내게 모자, 팔찌, 먹을 것 등을 사주고 내 이야기를 잘 들어줬다. 진심으로 대화를 주고받던 사람들은 나를 함부로 판단하지도 않았고, 오해로 인해 힘들어하는 나를 걱정해주고 "너의 활발함이 사라진 것 같다.", "이런 모임은 너와 맞지 않는 것 같다"는 솔직한 조언을 해주었다. 그나마도 나를 이해하던 사람들이 하나둘 사라지면서 나는 그 모임에 나가지 않게 되었다. 나도 모임에서 탈퇴하고 어플을 삭제했다.

　이제는 새로운 모임에 가서도 예전의 안 좋았던 기억들로 인해 의사표현을 하기가 어렵다. 어느 모임에서는 "3개월이면 이제 친해질 때도 되지 않았냐"는 말을 듣기도 했지만, 나는 그렇게 생각하지 않는다. 나는 아직 친해지지 않았다고 생각하는데 그런 식으로 친해짐을 강요하면 다가가기보다는 더욱 뒤로 물러서게 된다. 사람을 만나도 시간을 두고 천천히 익숙해지고, 믿을만한 사람이라고 생각이 들면 말과 행동, 감정표현을 하고 싶다. 급히 친해지기보다는 천천히 친해지고 싶다.

글쓰는 청소부 아지매
인터넷 모임이라 어쩐지 믿음이 안가는 곳이라는 생각이 들었다. 그런데 그 곳에서 참 힘들었겠구나. 어떤 곳을 가던 건전한 관계에 건전한 모임이라야 된다고 생각한다. 좋은 인간관계의 모임이라야 된다. 네가 힘들었겠지만, 올바른 결심을 해줘서 내심 고마웠다.

꿈야신
네가 그 모임에 나간다고 했을 때, 나는 반대했었지. 처음 만나는 남녀가 술을 먹으며 친목을 도모하자는 취지는 연애로 이어지자는 것이나 비슷하다고 생각했기 때문이지. 남자는 여자 꼬시러 오는 목적이 분명한 곳이었다. 그러다 여자는 회비를 면제해준다는 것 때문에 기가 찼어. 돈으로 여자를 꼬시는 것이란 생각도 들었어. 하지만, 너무 집에만 있던 네가 처음으로 스스로 찾아보고 선택한 모임이니까 나는 어느 정도 지켜보기로 했어. 앞으로도 너의 선택을 응원할게. 다만, 힘들 때면 언제든지 잠시 쉴 수 있는 가족이 있으니 당당하게 살아가면 좋겠어.

친해지고 싶어요

남자 꼬시려고
잘해주는 거 아냐?

아..니에요...

모두 친해지고 싶었을 뿐인데...

오빠가 권해준
다양한 체험

방에 누워만 있던 나를 걱정하던 오빠는 내게 여러 가지 체험을 권해주었다. 처음엔 나가기 싫고 아무 것도 하기 싫었지만 오빠의 오랜 설득으로 권해주는 것들을 하기 시작했다. 그리고 그런 체험들을 한다면 내가 가지고 싶은 꿈, 하고 싶은 일, 좋아하는 일을 찾을 수 있지 않을까 싶었다. 그렇게 미용학원, 뮤지컬, 글쓰기, 사회복지사 공부, 사진, 농촌활동(농활), 문화탐방, 요가 등 꽤 많은 경험을 했던 것 같다. 다양한 체험을 해봤지만 꿈이나 하고 싶은 일, 좋아하는 일은 찾지 못한 채 끝이 났다. 지금도 찾고 있지만 무엇 하나 잘하는 것이 없는 나에게는 정말 해결하기 어려운 숙제나 마찬가지인 것 같다.

다양한 체험을 할수록 사람들 사이에서 상처받는 일도 생겼다. 내가 너무 조용하다며 의사 표현을 하라고 해서 나의 힘든 심정을 얘기했더니 불편해했고, 친해지려고 생일인 사람에게 컵케이크를 만들어 주니 부담감을 느끼며 어색해 했다. 요가를 할 때도 수업이 끝나고 매트를 정리했더니, 사람들이 당연히 내가 하는 줄 알고 매번 정리를 하지 않아서 나중에는 그 일 때문에 요가 수업에 나가기 싫어졌다. 그때마다 '호의가 계속되면 그게 권리인 줄 안다'는 말이 생각났다. 기분 나쁜 일만 있었던 것은 아니었다. 함께성장인문학연구원 세미나 때마다 동기들이 반갑게 맞이해 주고, 간식을 먹지 않는 내게 먹을 것을 나눠주고, 남은 것은 따로 챙겨주었다. 걸음이 느린 나와 맞춰 걸어줘서 고맙기도 했다. 명절 때는 선물을 주고, 세미나 과제를 인터넷 카페에 올리면 댓글을 달아주어서 기쁘기도 했다.

지금까지 체험을 통해 내가 사진 찍는 것을 좋아한다는 것을 알게 되었고, 돈을 벌어 내가 원하는 옷과 화장품을 사고 몸이 아플 때 병원을 맘대로 가고 싶다는 꿈이 생겼다. 하지만, 그런 활동들도 길게 이어지지 않으니, 다시 아무것도 하고 싶지 않은 날이 늘어났다. 집에만 있다 보니 좋았던 기억보다 안 좋았던 기억만 남았다. 여러 체험을 시켜준 오빠에겐 도움이 별로 안 된다는 말을 하기가 미안해서 아무 말도 하지 않았다. 그래서 기회가 주어지면 하기 싫은 것만 아니면 열심히 했다. 마음이 맞는 사람과 함께 있으면 좋다는데 그런 사람을 만나본 경험이 없어서 어떤 것인지는 모르겠다.

글쓰는 청소부 아지매

너의 마음 이해가 간다. 나한테도 책임이 많을 거라 생각이 드는구나. 앞으로 깊이 생각해서 많은 대화를 하도록 노력해보자.

 꿈야신

가만히 생각해보면 분명 저렇게 많은 활동을 했음에도 기억에 그리 남지 않는 것은 내가 시킨 일이라서 그런 게 아닌가 싶네. 네가 하고 싶고, 알아본 일을 했다면 어땠을까. 좀 더 많은 추억이 생기지 않았을까. 역시 누군가 시키는 일보단 내가 하고 싶은 일을 스스로 선택해서 할 때 진짜 인생이 열리는 것 같아.

열심히
걷고 만나다 보면

좋은 사람들을
만날 수 있지 않을까

ALL F 지만
열공

    어려운 사람들을 도와주자는 마음으로 사회복지사 공부를 시작하게 됐다. 하지만 무기력해져서 영상 강의를 놓치거나, 과제나 시험 기간을 놓칠 때가 많았다. 공부하기 싫어서 미루다가 벼락치기를 할 때도 많았다. 나는 공부와 거리가 멀었던 것만이 아니라 외우는 것에도 재능이 없었다. 강의를 듣고 나면 금방 까먹었다. 이런 내 머리가 싫었다. 고등학교 때까지는 외우는 걸 좀 했는데 대학 때부터는 친구들 때문에 쌓인 스트레스로 인해 기억력이 많이 저하된 상태였다. 집에서 편하게 들을 수 있는 영상 강의로 수강하다 보니 쉽게 지루해지기도 했다.

    결국 한 학기 전체 성적이 F가 나왔다. F를 받는 바람에 한 학기 수업료가 날아가고 졸업이 연기되었다고 오빠가 야단을 쳤다.

야단을 맞으면서 나는 자업자득이라고 생각하며 질책을 받아들였다. 초반에는 누군가를 돕겠다는 생각으로 공부했으나 내 앞가림도 못하는 내가 누굴 돕겠냐는 생각으로 사기가 떨어졌다. 기운이 빠져 있는 나에게 오빠는 같이 외식을 하자고 했다. 외식을 하면서 오빠에게 힘든 내 사정을 말했다. 오빠는 다음 학기부터는 부담 없이 몇 과목을 빼고 천천히 공부하는 건 어떻겠냐고 말해주었다.

집에 돌아와 생각해보니, 수업료를 내준 오빠에게 미안했다. F는 한번으로 족했다. 두 번의 F는 없다는 심정으로 열심히 공부했다. 출석과 과제를 100% 다 채우려고 일정표를 프린트해서 붙여두고, 시험기간에는 컴퓨터 앞에 앉아 한 문제라도 안 놓치려고 긴장하면서 시험을 봤다. 시작을 했으니 끝까지 마무리를 잘해야 했다.

공부를 하다 보면 관심이 있는 과목과 하기 싫은 과목이 있었다. 내 경우는 '사회복지법제'나 컴퓨터 관련 과목이 관심이 없었다. 학점도 가장 낮았다. 대신 '정신건강론', '심리학 개론', '인간관계론'이 관심이 갔다. 평소 사람들과의 관계에 어려움을 겪어왔기 때문에 더 열심히 보게 된 것도 있는 것 같다.

졸업식을 하니, 더 이상 성적에 신경을 쓰지 않아도 돼서 기뻤다. 취업을 하거나 자격증을 당장 써먹지 못해도 공부했던 것을 후회하지는 않는다. 시작한 일을 포기하지 않고 끝까지 해냈다는 것, 나도 자격증 하나는 있다는 것만으로도 내가 대견하다.

 글쓰는 청소부 아지매
사람들의 심리가 원래 단순할 때가 많다. 깊이 생각해서 말을 하는 사람이 있는가 하면 그렇지 않은 사람이 더 많은 것 같구나.

 꿈야신
성적은 행복순이 아니잖아요.
이 말이 진리는 아니지만, 열심히 한 네가 자랑스러워. 내가 옆에서 봤잖아. 너를 믿어봐. 본능을 믿어봐.

따뜻함이 그리운
관찰자

나는 사람을 만나면 말조심부터 한다. 최대한 말을 자제하고 사람을 관찰한다. 상대방을 배려하지 않는 의사표현을 하는 사람들 때문에 상처 받은 기억이 많기 때문이다. 그런 기억은 내가 사람들한테 의사표현을 주저하게 만드는데, 사람들은 나에게 왜 아무 말 안 하냐고 계속 묻는다. 게다가 아무 말 없이 앉아있으면 의사표현을 할 줄 모르는 바보 취급을 한다. 때론 나를 함부로 대하거나 안 좋은 말을 하기도 한다. 그러다 보면 할 말이 생겨도 해야 할지 말아야 할지에 대한 결정을 하기 어렵다. 그럴 거면 차라리 내게 말을 걸지 않았으면 좋겠다. 결국 나는 계속 참고 참다가 폭발하는 모습을 사람들한테 보여줘야 그만 할 것 같다는 생각이 든다. 나는 사람들한테 폭발하는 모습을 보여주고 싶지 않다. 서로 좋은 의사표현으로 좋은 관계를 맺어갈 수 있다면 얼마나 좋을까?

　나는 사람을 만났을 때 표현하기 보다 관찰을 먼저 하는데, 과거에 나를 힘들게 했던 사람들 같은 사람을 다시 만날 수도 있다는 불안감 때문이다. 그렇게 사람들을 관찰하다 보면 자기주장만 내세우고 다른 사람의 마음을 신경 쓰지 않는 사람들이 많이 보인다. 그럴 거면 차라리 의사표현을 안 하는 게 낫지 않을까.

　자기주장이 강한 사람, 물질적으로 이용하는 사람 등 과거의 경험을 통해 멀리해야 하는 사람이 어떤 사람인지 기준을 가질 수 있었다. 하지만 가끔 그런 사람들을 만나게 될 때면 과거의 일이 생각나면서 마음 컨트롤이 잘 안 된다. 나는 자기주장이 강한 사람을 만나면 뭔가 기운을 뺏기는 것 같다. 무기력해지고 부정적인 생각을 하게 된다.

　하지만 그렇지 않은 사람도 많이 있다. 가끔 진심 어린 걱정과 친절을 베푸는 사람도 만난다. 그런 사람들의 친절이나 선물이 고마워서 나도 뭔가를 해주고픈 마음이 생긴다. 상대방이 부담되지 않게 평소 관심 있어 하는 주제의 책이나 피부 고민에 맞는 화장품을 적어뒀다가 생일에 챙겨주거나 편지를 건네기도 한다. 하지만 물질적인 선물보다 상대방의 말을 잘 들어주고, 이해와 공감해주고 따뜻한 말을 건네는 것이 더 좋은 선물이라는 생각이 든다.

　요즘은 사람들을 관찰하면서 따뜻한 말을 수집하고 있다. 작고 사소한 친절에도 '감사합니다'라고 진심 어린 인사를 건네려 노력한다. 상대방에게 무슨 잘못을 했을 때, 또는 오해가 생겼을 때, 약속 시간에 늦을 때에는 직접 '죄송합니다'라고 사과한다. 단 두 마디지만 '감사합니다'와 '죄송합니다'란 말을 하면 관계가 더욱 깊어지는 걸 느낀다.

 꿈야신
글을 읽다 보니, 엄마나 너한테 따뜻한 말을 했었는지 생각하게 되네. 참… 간단하다고 생각해서 소홀했던 따뜻함이 너에게는 이렇게 소중한 것이었다는 걸 모르고 있었네. 이렇게 글을 통해서라도 알게 돼서 다행이라 생각해.^^
모모야, 천천히 듣고, 마음을 표현하다 보면 너에게 마음이 맞는 친구가 생길 것이라 믿어. 서로 밥도 같이 먹고, 속마음도 이야기하며 서로 도울 수 있는 누군가.

 글쓰는 청소부 아지매
사람 알고 지낸다는 게 참 쉬운 것 같으면서도 어렵지. 나도 모르는 게 많으니까 너에게 해줄 말이 별로 없구나. 과거에 힘들게 했던 사람들도 살아있는 한 어디선가 우연이든 필연이든 마주치게 될지도 몰라. 상대편의 입장을 많이 생각해서 말하는 사람들이 있는가 하면 아무 생각 없이 말하는 사람들이 더 많다고 생각한다. 힘들겠지만 우리부터라도 꿋꿋하게 좌절하지 말고 좋은 의사표현을 해보자.

큰 꿈은
생각해본 적 없어

나는 여전히 꿈을 찾고 있다. 오빠가 적어 놓은 '세계여행'이나 '정원이 있는 집'에서 사는 것 같은 꿈이 아직 내게는 없다. 그래도 요즘 들어 갖게 된 소망은 화장품, 옷, 신발, 가방 등 내게 필요한 물건을 내가 번 돈으로 살 수 있었으면 하는 것이다. 매번 오빠에게 돈을 받아서 고속터미널 지하상가에 가서 6시간씩 옷 구경하다가 비싸서 그냥 돌아오곤 하는데, 옷을 사는 기쁨은커녕 다리가 더 아프다. 저축도 할 수 있으면 좋겠다. 내 집 마련은 아직 먼 미래의 이야기지만.

한때는 동갑내기 친구와 국내여행을 가서 야경도 보고, 오락실 가서 다트나 운전 게임을 같이 하고 싶은 소망이 있었다. 맛있는 음식도 함께 먹고 같이 이야기도 하고 싶었다. 큰 꿈은 아니지만 내가 꿀 수 있는 소소한 꿈들을 이뤄 나가는 즐거움을 느껴보고 싶다.

 글쓰는 청소부 아지매
지성이면 감천이라는 말이 있듯이 참고 기다리는 미덕을 갖고 좋은 생각을 많이 하면서 살다 보면 좋은 날이 올 거야. 그렇게 믿어보렴.

 꿈야신
꼭 큰 꿈을 꿀 필요는 없지. 꿈은 등급을 매길 수 없다고 생각해. 그러니, 하루 종일 실컷 자는 꿈이든, 작은 생일카드를 전해주는 것이든, 네가 하고 싶은 것이라면 뭐든 괜찮아. 하고 싶고, 갖고 싶고, 피하고 싶고, 가고 싶은 것에 천천히 집중하다 보면 어느새 꿈이 되지 않을까?

3장

집구석
탈출을
꿈꾸는 아들

33분 39초간의
엄마를 위한 고백

엄마: 정희야. 네가 맨날 나한테 돈 써서 우야노.

아들: 다 우리를 위한 거다. 이왕 말 나온 김에 가난의 대물림에 대해서 이야기해보자. 내가 제일 얘기하고 싶었던 거다.

엄마: 우리 사주 봤을 때 어르신이 가족이 6명이어야 큰 액이 없다고 했나?

아들: 갑자기 뭐라는 거고? 엄마가 유산을 안 했으면 가족이 6명이었다는 거였잖아. 우리가 4명이라고 해도 결국 작년에 아무 일 없었잖아. 다시 가난의 대물림에 대해서 얘기하자. 내가 엄마한테만 돈 쓰는 거 아니다. 동생한테도 나가는 돈이 많아.

엄마: 안다. 자꾸 그렇게 되니까 내 마음이…

아들: 하지만! 이건 내가 가족에게 투자하는 거야. 내가 진실하게 이야기 해볼게. 얼굴을 보면서 이야기하자. (엄마 앞에 앉으며)

나는 가족이 짐 같았단 말이야. 언젠간 이 가난한 가족이 결국 내가 다 이끌어 가야 되니까. 아무리 봐도 누가 이끌어갈 만한 사람이 없는 거라. 그러면 내가 이끌어 가야 되잖아. 그래서 어떻게 보면 20대를 내가 너무 부담감에 차서 힘들게 살았어. 내가 뭘 해야 대박을 터트려서 부모님이나 동생 모두 행복하게 살 수 있을까. 거기에 덧대서 내가 돈이 이리 없는데 누가 시집올라 하겠노. 매력도, 돈도, 차도 없고 아무것도 없는데. 100원, 200원 가지고도 이래 벌벌 떨고 있는데. 이렇게 생각을 했지.

근데, 막상 취업이 안 되고 여러 고비를 겪으면서 책을 보면서 생각이 들었지. 어차피 물러설 곳도 없으니까 해보는 수밖에 없더라고. 안 하면 계속 이렇게 사는 건데 더 이상 이렇게 가난하게는 못 살겠더라고. 내가 엄마한테 돈 주고 동생한테 여러 가지 시키는 게 다 그런 이유다.

동생 이야기 먼저 해보자. 동생 계속 집에서 뒹굴거리면서 이렇게 살면, 결국 나이는 계속 차고 돈도 못 벌고 능력도 없고 살은 계속 더 찔 거고 병원비는 더 나갈 거야. 결국, 오롯이 내 몫인 거지. 그걸 깨달았지. 미래가 보이더라고. 아, 망했다.

동생은 마음이 아파서 힘든 거고, 마음만 잘 추스르면 아직 젊으니까 희망이 있어. 그러니까 지금 돈을 100만 원, 500만 원 쓰더라도 지금 바짝 노력하는 게 낫지 않겠나? 그 돈도 나한테는 크지. 그런데 나한테는 크게 느껴지지 않는다. 동생이 긍정적으로 바뀔 수 있는데 돈이 아깝겠나? 스스로 생각이 바뀌면 삶도 바뀔 수 있다. 생각이 바뀌면 살은 저절로 빠진다. 서로 좋아하는 사람 생기면 저절로 긍정적으로 삶이 바뀌고 변한다. 이제는 스스로 책 사서 보잖아. 난 또 게임한다고 돈 쓴 줄 알았는데 책 사서 읽었던 거더라.

엄마: 너 그 책 봤나?

아들: 봤다. 저기 있더라. 의심 좀 하지 마라. 자식을 믿어야지. 동생 염색한 것도 그렇다. 애가 염색할 수도 있지. 젊을 때 한 번 해볼 수도 있는 거지. 그런데 양아치니 건달이니 날라리니 그런 말을 왜 하노.

엄마: 보기가 싫잖아.

아들: 엄마가 보기 싫은 거지.

엄마: 아니, 내만 그렇게 생각하는 게 아니고 다른 사람들도 보면 조금 이상하게 본다.

아들: 아니, 엄마하고 나이든 분들이 보기 싫어하는 거지. 젊은 사람들은 다 보기 좋고, 예쁘다고 하는데 왜 그러는데. 그러니까 엄마는 결국 엄마가 보는 대로, 보이는 대로 생각하는 거잖아. 엄마나, 아는 사람들의 기준에 맞춰서 생각하는 거라. 우리 가는 미용실에 머리해주는 애 봐라. 그 애는 맨날 머리 색깔 빨간색, 노란색 바꾸더만. 그러면 그 애는 양아치, 건달이가. 얼마나 성실히 일하는데. 엄마도 알잖아.

엄마: 그래, 그런 건 아는데 그 애는 자기가 그런 분야 전문 분야니까 그렇게 하는 거지.

아들: 아니지. 사람은 누구나 예쁘게 가꿀 수 있지. 그러면 의사나 변호사들도 염색했는데 다 양아치가.

엄마: 언제 염색해가 있드노.

아들: 염색한 사람들 많잖아. 찾아서 보여줄까? 결국 엄마는 엄마가 본 거만 얘기하는 것 같다. 나도 내가 본 것, 경험한 것에 한해서 이야기하는 거니까 내 말이 무조건 다 옳다고는 할 수 없겠지. 하지만 이번 일 같은 경우는 엄마가 모모를 너무 극단적으로 몰아세운 것 같다.
자, 예를 들어보자. 그러면 길거리에 핫팬츠입고 다니는 애들

은 다 양아치가. 내가 아는 대기업 다니고 부모님 잘 모시고 하는 애도 핫팬츠입고 다니는데.

물론 엄마가 동생을 생각해서 하는 말인 건 잘 안다. 하지만 염색하는 게 나쁜 건 아닌데 너무 몰아붙이면 모모가 마음이 상하잖아. 지 돈 내고 지가 염색하는데, 그렇게 심하게 말할 거 있나?

엄마 마음이 불편한 건 알겠는데, 자식이라고 무조건 다 따르라고 강요해서는 안 된다고 생각한다. 길가는 사람 중에 핫팬츠를 입고, 염색하고 옷이 깊게 파이고 그런 거는 '어이구 저 놈' 이러고 말잖아. 가서 머리채를 뜯으면서 "이런 걸 입고 다니는 거 너희 부모님이 아시냐?!"고 호통치지 않잖아. 가족이 그래서 무서운 거다. 너무 가까우니까. 남한테는 밖에 나가서 '예~예~' 하지만 집에 와서 화풀이하는 거하고 똑같은 거다. 길에서 마주치는 사람보다 중요한 게 가족인데 말이지. 엄마가 너무 불편하니까 잘못된 거다? 그건 엄마가 손톱이 너무 길어서 불편하다 생각하고 그냥 깎아버리는 것과 같이 가족을 대하는 거다. 한마디로 내 맘대로 하려고 하는 거라고.

엄마, 우리 그러면 안 된다. 엄마만 그런 게 아니고 나도 그럴 때가 많기 때문에 하는 말이다. 우리가 서로 마음을 다잡고 다 함께 행복해지는 길로 나아가야 되지 않겠나. 솔직히 머리 염색한다고 피해보는 것도 없잖아. 머리가 술술 빠지는 것도 아니고. 내가 한 가지 더 이야기 하자면 염색도 한두 번 하다 보면 결국 검은 머리로 돌아온다. 집에 가출하는 애들도 결국 집으로 돌아온다. 결국 본래적인 거로 돌아온다고. 근데 그 과정을 잠깐 못 봐주고 참을성도 없이 어른이고 연륜 많으신 장 여사님께서 그러시면 안 되죠.

모모가 엄마를 얼마나 좋아하고 의지하는 줄 아나? 근데 엄마가 그런 식으로 '나쁜X'이라고 몰아붙이면, 내 같으면 맘대로 해라하고 말지만, 모모는 마음이 착해서 상처받고 갈등한다고.

젊은이들은 젊은이답게, 20대는 20대답게, 30대는 30대답게, 40대는 40대답게, 50대는 50대답게 살면 되는 거 아니겠나? 그거 하나 못 봐주고 자기 기준으로 다 맞추려고 하는 것 자체가 어리석은 욕심이라고 생각한다. 내 이야기 길어지니까 또 하품하네. 자 마지막으로 이야기할게. 가난의 대물림에 대해서.

모모는 내가 봤을 때, 한 1~2년 더 뒷바라지 해줘야 한단 말이야. 해주면 결국 지가 자격증 따고, 취업도 연계돼서 하고, 자기 좋아하는 일하고, 자기 살 것 사고, 적금도 부어서 뒷바라지 해준 돈 갚겠지. 그럼 내 짐이 확 덜어지는 거라. 그리고 모모는 내 동생이잖아. 내 동생이 집구석에만 있으면 마음이 아픈 건 말할 것도 없고, 남들한테 말하기가 꺼려진단 말이야. 근데 모모가 자기 능력을 가지면 그런 게 없어지고, 남들한테도 자랑스럽게 말할 수 있게 되잖아. 어린애들이 '우리 엄마 이런 일한다' 이러는 거나 '우리 엄마 예쁘다'고 말하는 것처럼. 부모님도 자기 자식 자랑하잖아. 솔직히 가족이 못나면 자기도 못난 것처럼 느껴지고 자존감이 내려간단 말이야. 솔직히 그래서 내가 동생을 신경 쓰는 것도 있다. 둘 다 잘되기 위해서.

그리고 그런 말이 있다. 부모가 나의 유년시절을 책임져주었기 때문에, 나는 부모님의 노년시기를 책임져주어야 한다. 동화책 〈어린 왕자〉 알고 있제?

엄마: (고개 끄덕)

아들: 〈어린 왕자〉 쓴 작가가 한 말이다. 나는 엄마가 행복하게 웃으면서 살기를 바래. 엄마한테 내가 돈을 주고 이렇게 신경 쓰는 것도 다 엄마도 잘되고 나도 잘되려고 하는 거라. 엄마 잘되면 나도 행복하거든. 그리고 엄마는 내 유년시절을 책임져 주었잖아.

나는 기억한다. 엄마는 내 필요한 거 있다 싶으면 집안이 어려울 때도 다 사줬지. 그래서 옛날에는 멋모르고 살았지만 지금은 그게 얼마나 감사한 것인지 느낀다.

그러니까 이제는 엄마도 엄마의 것을 찾았으면 한다. 내가 엄마한테 천만 원씩 들여서 해외여행을 보내드리나? 명품을 사주나? 그 정도로 무리해서 해주는 건 아니거든. 내가 엄마가 해외여행 가고 싶다고 했으면 돈 모아서 해외여행 보내드렸을 건데, 엄마가 가장 원했던 게 어떻게 보면 별거 아니드만. 사람들과 어울려서 이야기도 하고 차도 한잔하고 정기적으로 만나서 소통하고 싶은 거더구만. 이거 어렵지 않거든.

내가 독서와 글쓰기를 권하는 이유가 다 여기 있다. 책을 통해 더 다양한 생각과 경험을 가질 수 있잖아. 그리고 글을 통해 스스로를 발전시켜 나가는 사람들과 소통하면 공부도 더 열심히 하게 되고, 진취적이고 희망적이게 되면서 우울한 생각도 덜하게 된단 말이야. 좋은 사람들 계속 만나면.

돈이 10억이 있고 100억이 있어야 그렇게 살 수 있는 건 아닌 거 같더라. 세상은 10억이 있어야 행복하다, 30억이 있어야 행복하다, 집이 있어야 행복하다고 말하는데, 정말 그렇지는 않더라는 거지. 그러니까 공부하면서 엄마의 가치를 찾는 게 중요하다. 누구는 진짜 10억이 있어야 행복한 사람이 있고 누구는 100만 원만 있어도 행복한 사람이 있거든. 나는 어디에 있어야 행복하고, 돈은 얼마 있어야 행복한가, 인생에서 최고로 생각하는 것은 뭔가. 이런 고민들을 통해서 엄마가 행복할 수 있는 가치를 찾을 수 있잖아. 어떤 사람은 그게 건강이고, 어떤 사람은 돈이고, 어떤 사람은 애인이고, 어떤 사람은 섹스고, 어떤 사람은 사랑이고, 어떤 사람은 자식이고… 근데 엄마는 아직 잘 모르잖아. 지금 머릿속에 두세 개가 떠다닐 걸. 맞나, 아니가? 하나 있나? 하나 있으면 얘기해봐라. 아직 잘 모르겠으면 잘 모르겠다고 얘기해보고. 있나? 있제? 사랑 맞제? 맞나?

엄마: (웃음)

아들: 또 웃고만 있다. 미치겠네. 내가. 녹음해놨데이. 오예! 웃었다. 그러면 이거 확인됐다.

엄마가 좋은 사람, 사랑을 만나고 이런 거 있잖아. 엄마나 엄마 친구도 중년여성들이 좋아하는 취향들이 있을 거 아니가. 근데 그중에서도 완벽한 사람은 잘 없잖아. 그나마 완벽에 가까운 사람, 최상인 사람을 골라야 될 거 아니가. 그래. 그러려면 좀 더 많은 사람들을 만나봐야 될 거 아니가. 엄마, 결혼하고 이혼해보니까 생각나는 게 좀 더 많은 사람들하고 사귀어볼 걸 이런 생각 안 들더나. 결혼을 많이 해보는 게 아니고 많이 사귀어 보고 결혼했더라면 하고 생각 들잖아.

엄마: (끄덕)

아들: 왜냐하면 그 사람이 전부인 것처럼 느껴져도 다가 아니거든. 엄마만 봐도 그렇다 아니가. 아빠랑 이혼하고 다른 사람 또 좋아지는 사람 생겼잖아. 그게 나쁜 게 아니라니깐. 사랑은 변하는 거고 움직이는 거고 그래서 서로 항상 노력을 해야 하는 거라.

근데 엄마가 가진 게 별로 없으면 잘난 사람 만나도 그 사람 말에 휘둘리게 되고 위축되고 그렇게 되잖아. 상대방은 주머니 사정이 좋아서 돈을 잘 쓰고, 나는 그만큼 쓰지 못하면 솔직히 위축되잖아. 그러니까 지금 이 기회에 지식을 쌓고 경제적인 능력도 키워 놓으면 누구를 만나도 당당하게 살 수 있다는 말이지. 알았나? 고개만 끄덕이지 말고.

알았으면 얼른 낫도록 손가락에 붙여놓은 반창고 떼고 같이 병원 가자. 내 이거 다 먹으면.

엄마, 실내 들어갈 때 좀 부끄러워하잖아. 난 다 안다. 다른 사람에게 옮을까, 들킬까 싶어서. 의사나 내가 그게 옮는 게 아니고 그냥 상처라고 그렇게 말해도 듣지도 않고. 병원도 잘 안 가고. 손가락에 반창고만 안 붙이고 다녀도 엄마 고민하나 줄어든다 아니가. 그게 행복이다! 내 몸에 있는 고민 하나하나 덜어버리면 고민할 게 없어지잖아.

손가락이 나으면 엄마 마음이 푸근해질 거라. 어디 꿀리지도 않고 부끄러울 것도 없고. 엄마 예전 닉네임(민들레꽃)처럼 민들레꽃이 '나는 해바라기보다 왜 이리 작지'하면서 고민하드나. 자기가 생긴 대로 최선을 다해서 살잖아. 어떻게 보면 잡초인데. 예쁘잖아. 알고 보니까 효능도 있잖아.

엄마도 최선을 다해서 엄마만의 꽃을 피우자. 나는 엄마의 꽃을 피우라고 용돈도 드리고 노력하는 거다. 그러면 엄마는 미안해할 필요 없이 최선을 다해서 꽃피면 된다. 저절로 돈도 벌고, 저절로 행복해지고, 저절로 아는 사람도 많아지고 그러면 나한테도 연결해주고 그렇게 사는 거지. 엄마가 가진 것도 없이 자꾸 뭘 해줄라 캤노! 같이 행복하게 살아야지. 그러니까 빨리 준비해라. 엇! 방귀 꼈제. 아~냄새.

엄마: 방귀 안 꼈다! 안 꼈다니까!

아들: 그렇나? 아니면 어쩔 수 없고. 히히.

 글쓰는 청소부 아지매
왜 그렇게 살기가 힘들었을까?
내가 번듯한 직장도 없이 아들에게 돈을 받으면서까지 생활을 하게 되었
을까. 믿겨지지 않는구나. 아들아, 나는 진심으로 미안했었다. 젊은 사람
의 마음을 이해 못하는 것은 아니지만 결국 경우에 벗어나는 머리 스타
일, 옷을 지나치게 입고-한때의 젊은 마음에서겠지만- 다니는 것은 내 상
식 밖의 일이다. 딸에게 따뜻한 말 미리 해주지 못한 게 미안하다. 그 때 그
순간에는 그런 말이 생각나지 않았다.
이제는 '남자'란 말에 귀가 솔깃해지지 않는다. 더 이상 휘둘려 살고 싶
지 않다. 네가 준 책 제목처럼 살아보련다. '나는 외롭다고 아무나 만나
지 않는다'

 모모
양아치, 건달, 날라리라고 하지 말고 존중해주길 바람.
그리고 엄마가 공부를 다시 시작했으면 좋겠음.
엄마, 아플수록 병원에 꾸준히 다녀야 해. 참지 말고 병원에 가길.

용돈 가불요청에 반대하는
미혼 가장의 주장

　　동생의 외박이 늘었다. 10년간 집에만 있던 동생이 친목모임을 연결해주는 어플을 통해 모임에 자주 나가면서 밤새도록 놀다 들어오는 횟수가 늘었다. 집에만 있어도 걱정, 돌아다녀도 걱정이다. 동생이 인생의 우여곡절을 덜 겪었으면 하는 마음에 하루 종일 신경이 쓰이지만, 엄마는 삶의 희로애락에 빠져 계시고 아빠는 연락을 안 하고 사니 모든 걱정은 내 몫이 된다. 걱정할 필요 없이 알아서 잘 헤쳐 나갈 거라고 긍정해도 잠시뿐, 잘못되지나 않을까 걱정된다. 동생이 집에 있을 때는 남의 일 같던 사건사고들이 머리에 자꾸 떠오른다. 집안의 장남인 오빠의 심정으로 조언을 해보지만 다 아물지 않은 동생의 마음 속 상처가 떠올라 말과 행동이 조심스러워진다. 결혼도 안 했는데 딸 하나 키우는 심정이다.

최근에 엄마와 동생이 다음 달 용돈 가불을 요청해 왔다. 매달 용돈을 주는 장남의 짐이 버거웠던 나는 "돈 맡겨뒀나!"라는 투정을 내뱉었다. 그리곤 다음날 곧바로 자녀교육법, 자녀경제교육에 대한 책을 여러 권 구매했다. 집안의 경제를 책임지는데 버거움을 느껴 가족구성원 각자의 돈 관리능력을 기르기 위한 방법이었다.

10년 넘게 왕따를 당한 아픔 때문에 대인관계에 두려움을 느끼던 동생이 스스로 낯선 친목모임을 나갔다는 건 기쁜 소식이면서도 모임성격이 술자리이며, 잦은 외박을 한다는 것, 남자가 대부분이라는 점에서 걱정이 되었다. 아무리 술자리의 허물없는 이야기가 좋더라도 생산이 빠진 향유의 시간으로 하루를 채운다면 끝은 허무로 이어질 뿐이니까. 동생이 내게 받은 용돈에서 많은 금액을 술자리 회비로 쓰는 모습을 보면서, 동생이 갖고 있는 사람에 대한 갈증과 허무가 보였다. 적은 용돈에 의지할 수밖에 없는 동생이 너무 일찍 소비를 통해 관계를 맺는 것이 안타까웠다. 현용수 박사의 〈자녀들아, 돈은 이렇게 벌고 이렇게 써라〉에는 "아들에게 직업 기술을 안 가르치면 강도로 키우는 것과 같다"고 유대인 자녀교육법을 소개하고 있다. 동생이 모임에서 사람들을 만나 이야기하며 사회성이 커가는 점도 인정하지만 결국 홀로서기를 하기 위해서는 스스로 벌어 자신을 책임질 줄 알아야 한다. 25살이면 다들 졸업하고 취업을 통해 독립할 시기다. 동생이 가난한 집안사정에 억눌리지 않고 스스로 자립심을 키우면서 자신이 좋아하는 일을 하면서 살았으면 하는 마음이다.

〈칼 비테의 자녀교육법〉에서는 이렇게 말한다.

"아이들은 고정된 수입이 없고 성숙한 금전의식도 없어 돈을 어떻게 써야 할지 잘 모른다. 하지만 돈을 쓰고픈 욕구가 강해서 돈을 현명하게 쓰지 못할 때가 많다."

물론 25살이 아이는 아니지만, 어른도 소비교육이 동반되지 않으면 안 쓰거나 막 쓰게 되는 두 가지 행동이 두드러지게 된다. 소비욕구를 억제하며 돈을 모으다가 결국 소비 갈증 때문에 돈을 감정적으로 쓰게 된다는 것이다. 동생의 나이는 성인이지만 돈을 벌어 본적이 없기에 돈 관리를 잘 못 한다. 물론 돈 관리할만한 금액을 줘본 적도 없는 것 같다.

그에 비해 엄마는 자녀를 위해 무조건 아끼면서 살아오셨기에 쓰는 경험이 익숙하지 않아 가끔 감정적으로 돈을 써서 힘들어하는 모습을 볼 수 있다. 좋아하는 사람을 위해서는 평소 쓰는 돈의 몇 배를 썼다. 물론 그래도 워낙 적게 쓰고 살아서 많이 써봤자 몇 만 원이 다였다. 자녀의 입장에선 걱정이 되면서도 모두 해드리고 싶은 마음이다.

그런데 어느 날, 새벽까지 야근을 하고 집에 왔는데 동생과 엄마가 용돈가불을 요청한 것이다. 야속했다. 반면에 몇 십 년간 밑빠진 독에 물 붓듯이 키워준 엄마의 정성에 대한 부채감이 마음을 채웠다. 하지만 효와 결혼적령기 아들의 경제사정이 양립하기에는 버거웠다.

〈세계 명문가의 자녀교육〉에서는 우수한 인재들을 키워낸 가문들의 자녀경제교육법이 나온다. 유대인 최고 명문가로 손꼽히는 로스차일드가에서는 반드시 돈을 왜 버는지, 무엇에 쓸 것인지 생각하도록 유도한다. 그래야만 돈의 노예가 되는 것을 막을 수 있기 때문이다. 가장 근본적인 해결방법은 가족구성원 각자의 돈 관리능력을 키우는 수밖에 없다. 대충 방법을 알았으니 실천을 해야지. 엄마를 하루 종일 따라다니며 관심사를 물어 관심분야를 배울 수 있도록 강좌를 같이 찾고, 적금통장도 만들었다. 동생은 카페에 맛난 거 사준다고 꾀어내 소비 우선순위를 정하고 사회복지 봉사활동자리를 찾았다. 계획은 잘 세웠는데, 불과 며칠 후 다들 무슨 얘기를 했는지도 기억 못했다. 그래도 조금씩 노력하다보면 언젠가 내가 엄마와 동생에게 용돈을 받는 날이 오지 않을까?

 글쓰는 청소부 아지매
현실로 내가 이런 말을 했겠지만, 과연 내가 이런 말을 했을까 하는 생각이 밀려오며 믿겨지지 않는다.

　　꿈야신
　　엄마, 밑장 빼기 인가!

 모모
뒤늦은 후회. 모임에 나가서 얻은 건 적고 잃는 것만 많았던 것 같다. 스트레스 증가와 건강 적신호, 그리고 가불해서 미안. 잘 알지도 못하면서 함부로 말, 행동, 감정에 대한 의사표현을 하는 사람들로 인해서 모임에 나가는 것을 접었으니 이제 걱정 안 해도 된다.

우리 엄마
몇 살까지 사실까

　매일 피곤한 전쟁을 치르던 가족과의 이별을 생각해본 적 있었던가? 엄마 곁에서 밥 챙겨주는 요리사, 무슨 옷을 입으면 예쁜지 조언해주는 코디네이터, 힘들 때 이야기 들어주는 친구였던 나는 엄마와 떨어져 살면서 이별로 인한 깊은 그리움을 경험했다. 항상 엄마에게서 벗어나려고만 했었는데 막상 독립하니 마음이 편하지 못했다. 혼자 살게 된 엄마를 챙겨주지 못하는 마음이 자유롭고 싶던 마음보다 커버린 것일까.

　어떻게 해야 힘겹지 않은 독립을 할 수 있을까? 독립을 꼭 해야 할까? 이 문제는 결국 각자의 선택이겠지. 요즘 유행처럼 번지는 '자신의 삶을 살아라'라는 말처럼 나를 사랑하자고 독려해본다. 하지만 스스로를 사랑해야 한다는 것에는 동의하지만 결국 나에서 너로, 그리고 우리로 번져 나가는 성장을 해야 하지 않을까? 가족 또한 마찬가지다. 각자 독립생활을 하더라도 가족이라는 연결고리를 계속 이어가야 한다.

우리는 잠이 들었다가 갑자기 깨어나지 못할 수도 있는 예측 불가능한 삶을 살아간다. 그만큼 사랑하고 좋아하는 것들과 갑자기 이별할 수 있다. 누구나 소중한 것을 잃게 될까 봐 두려워한다. 사랑하는 사람이 떠나면 슬퍼서 눈물을 흘린다. 슬퍼한다는 건 애착이 가는 사람이 사라지면서 힘들어하는 나를 위로하는 일종의 사랑행위다.

EBS다큐프라임의 〈가족쇼크〉라는 프로그램에서 가족의 죽음에 대해 다룬 방송을 본 적이 있다. 우리도 언젠가는 이별하게 될 거라는 생각을 한 순간, 엄마의 따스한 손길, 동생의 해맑은 웃음, 언성을 높이던 고함소리조차도 그리워졌다. 가장 가까워 무감각했던 가족의 살가움을 새삼 느낄 수 있었다.

가끔씩 가족애를 느껴도 바쁜 일상으로 인해 가족애를 또 망각하게 된다. 떨어져 있어도 하루에 몇 통씩 걸려오는 엄마의 전화는 여전히 짜증난다. 엄마가 나를 키워준 은혜는 감사하지만 바쁜 일상에 엄마의 매일 똑같은 하소연과 잔소리는 나를 화나게 한다. 그렇다면 고마움을 늘 상기하고 살아갈 수는 없을까. 그러면 엄마에게 더 잘하고 나도 편할 수 있을 텐데.

그러던 중 〈수상한 그녀〉라는 영화를 보게 됐다. 영화는 조금 멀리 떨어져서 내 모습, 가족을 바라보게 해준다. 그런 면에서 가끔씩 가족영화를 보기를 권한다. 이 영화를 보고, 엄마의 전화를 조금은 부드럽게 받을 수 있게 되었다.

영화 〈수상한 그녀〉에서는 가족을 위해 자신의 삶을 희생해 오던 엄마가 등장한다. 그 엄마는 우연히 젊어지게 되고, 가족을 위해 희생했던 욕구를 찾아간다. 그런 와중에도 가족의 주변을 맴돌면서 가족을 걱정한다. 그리고 결국 가족을 위해, 다른 사람 눈에는 희생으로 비춰지겠지만, 또 한 번 모성애라는 이름의 사랑을 풀어낸다. 모성애만이 엄마가 아는 최고의 사랑법이었기에.

엄마는 나이가 들고 자식이 독립하면서 마음의 빈자리를 어떻게든 메우려 한다. 엄마는 이 빈자리가 당황스러운 나머지 전화에 다양한 걱정을 담아 토로한다. 답을 알려줘도 계속 불안해하면서 이야기하기를 원하는 통에 결국 나도 짜증이 나게 된다. 영화를 보며 깨달은 것은 나 역시 엄마를 통해 알게 된 모성애에서 자유롭지 않다는 것이다. 영화를 통해 전해지는 감동의 힘으로 다시 엄마를 따뜻하게 바라볼 수 있었다. 영화처럼 힘들게 나를 키우던 젊은 시절의 엄마를 만나게 된다면 나는 무슨 말을 해줄 수 있을까.

결국 나를 위해서도 엄마를 위해서도 하루 10분 이상 전화통화하기, 엄마에게 하루 한 가지 이상 칭찬하기, 평소에 예쁜 사진 찍어 공유하기, 감동적인 영화 함께 보기 등 이런 소통을 통해서라도 받았던 사랑을 조금이나마 되돌려드릴 수 있지 않을까 싶다.

 글쓰는 청소부 아지매
나는 다급하더라도 너희들 일하는지, 자는지 시간을 확인하고 전화를 걸어 궁금한 것 물어본다. '잠깐 얘기할 수 있겠니'하며 너에게 물어보려 노력한다.

 모모
엄마를 위해서 나도 전화하거나 사진 찍어서 폰으로 전송해줘야겠어. 그 밖에도 함께 할만한 일을 찾아봐야지.

집이 아닌
원석이었던 가족

답답한 도시를 떠나고 싶어도 나는 갈 수 없네

날아가는 새들처럼 나도 따라 날아가고 싶어

파란하늘 아래서 자유롭게 날아가고 싶어

−노래 〈새들처럼〉

　나도 가족이 아니라 혼자가 되어 자유롭게 여러 곳을 여행 다니고 싶었다. 하지만 끝이 없는 집안일과 주말근무를 하다 보면 한 주가 순식간에 흘러가 버렸다. 노래 가사처럼 파랗게 물들여진 마음만 한가득이던 시간이었다. 그러던 중에 답답함을 해결하기 위해 읽기 시작한 책을 통해, 내 안의 문제와 가족의 헝클어진 문제들을 발견하게 되어 가족과 대화를 나누게 되었다. 그 과정에서 가족의 문제를 새롭게 바라보게 되었다. 문제가 있는 가족에는 대물림되는 악습이 있었다. 악습을 하나하나 풀어보기 위해 나는 가족의 성장을 꾀하는 '이 씨네 2개년 성장계획'을 수립했다.

지난 3년 동안, 가족과 함께 시간을 보내보니 지난 세월 동안 몰랐던 가족의 비밀이 풀렸다. 가족을 짐으로 느끼고 다른 곳으로 도망가고 싶어 하는 나를 발견했으며, 왜 자꾸 엄마를 싫어했는지, 동생이 왜 집에서 나오지 못하고 외톨이가 되어 가는지 알게 되었다. 점점 심해지는 '집구석의 저주'는 서로를 힘들게 하는 원인과 마주하지 않고 자꾸 도망쳤기 때문이었다. 나는 돈만 있으면 모든 게 해결될 줄 알고 자기계발만 죽어라 했다. 무슨 짓을 해서라도 행복해지고 싶었지만 원인 파악도 하지 못한 불안은 눈덩이처럼 불어났다. 그로 인해 서로의 말 한마디에도 쉽게 상처 입고 자꾸만 멀어져 갔다.

그러나 주역의 '궁하면 변하고 변하면 통하고 통하면 오래 간다'는 말처럼 진심을 다해 절박한 마음으로 문제를 이겨내려고 하니 원인이 보였다. 엄마는 할머니, 할아버지에게 보고 배운 대로 행동했다. 엄마의 행동으로 가족들도 힘들었지만 가장 힘든 것은 본인이었으리라. 그렇게 이해하니 불행의 싹은 내 대代에서 얼마든지 바꿀 수 있었다. 엄마는 단지 지나칠 만큼 열심히 살아온 사람이었을 뿐이었다. 아무것도 하기 싫다면서 집에 칩거하던 동생은 조금만 도움을 주면 10배, 20배는 성장할 수 있는 원석

과 같았다. 사람들과 만날 기회가 없었고, 원하는 것을 말하기에
는 누구도 자기편이었던 적이 없었다. 가족은 같이 한집에 살지
만 자신의 문제에 얽매여 서로의 아픔을 들어주지 못했다.

내가 원하는 성공이 쉽지도 않았거니와 자꾸 피한다고 내 맘에
신경 쓰이는 원인(가족)을 외면할 수는 없었다. 나는 가족을 피하
지 않기로 결심했다. 나는 나의 특성이 있었고, 그것은 부모님의
모습과 닮아 있었다.

이 씨네 2개년 성장계획을 가족에게 공표하고 나서 나는 적극
적으로 집안의 성장엔진 역할을 하려고 노력했다. 엄마와 동생의
친구이자 칭찬 매니아, 가족 중재자, 잔소리꾼 등 다양한 역할을
수행했다. 내가 분발해서 가족이 성장할 수 있다면 그걸로 충분
했다. 가족이 성장하면 나는 해방이니까. 이런 고생도 바짝 2년만
하면 엄마는 차치하고라도 동생은 충분히 어느 정도 자립할 수
있는 기반을 마련할 수 있을 것 같았다.

엄마는 글쓰기와 검정고시를 공부하면서 새로운 소속감과 자신
감을 얻길 바랐고, 동생 역시 글쓰기와 사회복지사 공부를 통해 자
립심과 함께 공부하는 동기들 사이에서 사회력을 길러가길 바랐
다. 그럼으로써 나는 가족을 둘러 멘 가장이 아니라, 가족과 손잡
고 가는 가족원이 될 수 있기 때문이다. 서로가 공감의 지지기반이
되어 꿈 공동체로서 성장하기를 바랐다. 가족 모두가 웃음 지을 수
있다면 그것으로 나의 2년은 기쁜 세월이 될 거라 생각했다.

그렇게 계획을 세운지, 4년이 지났다. 계획했던 시간보다 더 많은 시간이 필요했지만, 이제는 집구석이 아닌 가족이라 부르게 되었다. 지난 4년 동안 가족보다는 오히려 내가 바뀌었다. 가족의 속마음을 이해하게 되면서, 가족을 굳이 바꿀 필요가 없다는 것을 알게 되었다. 물론 아직 가족의 성장에 욕심이 난다. 서로의 말에 귀 기울이고, 하고자 하는 말을 상처주지 않으며 전할 수 있다면 조금씩 함께 성장해나갈 것이기 때문이다. 나는 가족을 이해하기 위해 많은 시간이 걸렸던 것 같다. 우리 가족은 여전히 티격태격 다투지만 미소만큼은 푸른 하늘을 닮게 된 것 같아 기쁘다.

└ 글쓰는 청소부 아지매
현실을 인정하고 알고 있지만, 그때는 그렇게 밖에 행동할 수밖에 없었구나. 내 마음도 혼란스러운 갈등을 겪게 되었단다.

└ 모모
문의를 자주해서 미안… 계속 말해서 미안…

└ 꿈야신
계속 물어봐도 괜찮아. 그때의 내 심정만 알아주면 돼.^^

3인분의 꿈을 안고
글쓰기

가족 모두 새벽부터 분주하게 움직였다. 새벽 4시에 서울행 기차를 타야 하기 때문이다. 엄마, 동생, 나 이렇게 3명밖에 안 되는 가족이지만 한꺼번에 움직이려니 준비할 게 많았다. 나는 머리를 감고 나온 엄마를 불러 서툰 솜씨지만 예쁜 단장을 해드리기로 했다. 헤어드라이기로 머리를 말린 후, 고데기로 펌을 넣고 헤어에센스까지 발라주었더니 2시간이나 지나가 버렸다.

돈 좀 아껴보겠다고 서울 행사에 쓸 과자와 음료를 동네 마트에서 할인 받아 샀다. 푸짐하게 대접하기 위해 많이 샀더니, 각자 나눠 들었는데도 너무 무거웠다. 몇 걸음 못 가 택시를 탔다. 그러나 우리는 결국 수수료를 물고 기차를 취소할 수밖에 없었다. 토요일 아침부터 나들이 가는 차량들이 어찌나 많던지, 결국 1분 차이로 기차를 놓쳤다. 미리 가서 행사 준비를 해야 했기에, 우리는 온갖 짜증을 내면서도 비싸고 빠른 기차를 탈 수밖에 없었다. 가는 과정도 순탄치 않았다. 급한 마음에 서로 큰 소리로 짜증도 내고, 웃기도 하면서 서울에 도착했다.

모임 장소에 도착하니 모두 열심히 행사 준비를 하고 있었다. 엄마와 동생은 같이 공부하는 동기 분들과 인사하느라 정신이 없었다. 나도 말로만 듣던 동기 분들이 궁금했는데 막상 실물을 봐도 크게 어색하지 않았다. 엄마의 모든 글은 내가 타자를 쳐서 온라인 카페에 올라가기 때문이다. 게다가 엄마 글에 달린 댓글을 통해 동기 분들을 대충 알고 있었기에 금방 친근하게 느껴졌다. 동생의 동기분들도 익숙했다. 동생은 서울에 갔다가 길을 헤매 1박2일간 동기분의 집에서 신세를 지고, 동기들에게 칭찬받은 것을 자랑하기도 했었다. 해맑게 웃는 동생과 엄마를 보면서 오빠이자 아들로서 감사했다.

집에만 있던 엄마와 동생에게 따뜻한 마음을 주고받는 분들이 생겼다는 것이 가슴 벅찼다. 무엇보다도 '가족성장'을 우선순위 첫 번째에 두고 보내온 1년이었다. 그동안 기차요금이 100만 원 넘게 나왔지만 그건 아깝지 않았다. 새로운 경험을 통해 가족이 함께 성장하는 것이 내 꿈이었으니까.

행사가 진행되면서 고전을 읽고 발표하던 동생 모습을 보니 괜히 뿌듯했다. PPT를 다뤄본 적이 없던 걸로 아는데 세련되게 만

들어서 놀랐다. 그때의 감격이란 딸 자랑하는 부모 맘이었다. 뒤돌아 보니 물 만난 물고기처럼 사람들과 신나게 웃고 있는 엄마가 보였다. 오는 길이 힘들었지만 같이 오길 잘했다는 만족스러운 미소가 지어졌다. 어제 밤에 아무것도 하기 싫다며 혼자 가라던 엄마가 맞나 싶었다.

아까부터 심상치 않아 보이던 장기자랑 시간이 도래했다. 갑자기 우리 가족이 호명되었다. 우리는 무대에서 쑥스러워 하다 음악소리와 함께 신명 나게 무대를 휘저었다. 부끄러워하면서도 자기 파트는 놓치지 않는 동생, 부끄럽고 빼면서도 막상 마이크를 잡으니 가사도 안 보고 노래 부르는 엄마를 보며 놀랐다. 나중에 찍힌 사진을 보니 가관이었다. 각자 취중 한풀이를 하는 것 같았다. 그 하루의 힘 덕분이었을까. 모든 일정이 끝나고 뒤풀이 장소로 이동하면서 동생은 공부를 좀 더 하고 싶다고 선언했다.

집으로 돌아오는 길에 엄마에게 더 공부해볼 생각이 있냐고 물어보았다. 과제할 때마다 귀찮아하던 엄마라서 당연히 이제 '끝이다'는 말이 나올 줄 알았는데 아무 말이 없었다. 마음이 흔들리고 있는 것 같았다. 이때다 싶어 동기유발 파워를 마구 주입했다. 행사 며칠 전부터 나는 엄마에게 '글 쓰면 좋은 점', '공부가 노후에 얼마나 좋은지' 약간의 구라를 섞어 미리 설득작업을 해두었다. 게다가 같이 컴퓨터 앞에 앉아 여러 일자리를 검색해보고, 엄마가 밝은 미래를 꿈꿀 수 있도록 희망찬 영상도 많이 봤다. 결국 엄마는 좀 더 공부하기로 결정했다. 이 흐름을 타고 스마트폰 사용법, 컴퓨터 타자연습, 정기적으로 책 읽겠다는 약속까지 받아냈다(배 째라 하면 소용없지만).

나는 단순히 가족만을 위해 희생하는 착한 아들이 아니다. 엄마가 동기분들과 많은 책을 읽고 글을 쓰면서 더 많은 것을 경험하기를 바란다. 그런 경험이 쌓여 홀로 설 수 있는 힘이 생기면 책임감을 덜 느끼며 자유를 찾아 떠날 수 있기 때문이다. 나도 하고 싶은 것, 가고 싶은 곳을 마음대로 가보는 자유를 느끼고 싶다. 언젠가는 가족에서 독립해야 할 때가 온다. 영영 떠나는 것은 아니겠지만 지금과 같이 함께 하는 시간이 많지는 않을 것이다. 그 순간이 올 때까지 엄마와 동생 그리고 내가 함께 공부하면서 성장하는 지금 이 순간이 소중하다.

언제나 따뜻한 마음으로 안부를 전하는 동기 분들, 이끌어 주시는 선배님들, 초심을 일깨워주는 후배님들, 함께 있다는 생각만으로도 든든한 선생님. 모두 감사하다.

근데 엄마, 제발 타자연습 좀 하자. 타자치기 너무 힘들다.

글쓰는 청소부 아지매

자기 인생은 스스로 심사숙고해서 잘 이끌어가야 하지만 언제쯤 자식과 의 그 끈을 놓을 날이 올지 장담할 수 없구나. 가족에서 독립해야 할 때가 오겠지만 너무 강조를 하니 어찌 기분이 씁쓸하고 뭔가 쓸쓸한 생각에 도 취되는 것 같다.

꿈야신

엄마, 쓸쓸한 생각 스튜핏! 우울한 것도 중독되니까 우리 긍정적인 면도 봅시다. 자주 안부전화하고 함께 나들이도 가요. 가족 모두 멀 리 떠나가는 것 아니니 너무 걱정 마요.

 모모

오빠가 잘했다고는 했지만, 발표 연습하지 않은 채 발표한 적이 많았어. 그리고 갑자기 장기자랑하게 돼서 대략 난감.

나도 엄마가 타자 연습 및 핸드폰 연습을 했으면 좋겠다고 생각했었어. 오빠가 피곤해 보이면 자꾸 나한테 묻거든.

엄마 인터뷰

1958년, 집에서 자연분만을 통해서 이 세상에 나왔다는 60세 우리 엄마.

엄마를 낳고 할머니는 온몸이 퉁퉁 부어 붓기를 빼기 위해 많은 고생을 하셨다 한다. 국민학교 다닐 때는 마음 맞는 친구들과 구슬치기, 감꽃 엮기, 찔레꽃 따먹기, 삐삐 빼먹기, 앵두, 산딸기 등 뒷산에서 천연 간식을 먹고 놀았다. 엄마는 항상 학생기록부에 '온순하다', '말이 별로 없다'는 내용이 적혀있던 내성적인 학생이었다(그래서 나도 그런가 싶다). 학교는 중학교까지 다녔다. 부끄러운 고백으로 알게 된 사실이 있었으니 학비를 빼돌려 친구들과 '여고시대'같은 영화를 보러 다녔다고 한다. 그러다가 할머니한테 엄청시리 맞았다는 이모의 증언이 있었다. 내가 학창시절 학용품비를 속인 건 결국 엄마를 닮은 것이었다!

고등학교는 자연스럽게 진학하지 않았다고 한다. 동네에 같이 살던 사촌오빠의 친구가 운영하는 배 봉투를 만드는 공장에서 주야간으로 일했었다. 배 봉투공장은 1층이었고, 2층엔 과자공장이 있었다. 거기서 엄마의 운명을 크게 바꾼 아빠가 일하고 있었다. 동네 동생이 아빠와 친해서 일 끝나고 자주 이야기 나누는 사이였다고 한다. 그러다 가까워지게 되었다고 한다. 아빠는 엄마보다 4살 어렸다. 아빠는 아무것도 없다고 가난한 현실을 고백했다고 한다. 결혼하기 전 아빠의 성격이 좋게 보였다고 한다(결혼 후 완전히 달라졌지만). 그러다가 나를 갖게 되었다. 부모님 몰래 엄마는 아빠를 따라 아빠의 고향으로 갔다고 했다. 외할아버지와 외할머니는 엄마의 결혼을 반대했다. 줏대가 없고 행동이 너무 가볍다는 이유였다. 그래도 엄마는 아빠를 믿어보기로 했다.

엄마는 설마 못살아 봤자 얼마나 못살까 싶었단다. 하지만 아빠가 살던 곳은 엄마가 살던 집과는 비교도 할 수 없을 정도였다. 맨날 쌀밥만 먹던 엄마는 보리밥만 먹는 시댁을 보면서 '어떻게 아직 보리밥만 먹고 사는 집'이 있을 수 있나 싶었다고 한다. 얼마 후 수소문 끝에 외할머니와 외삼촌이 엄마를 찾았다. 엄마는 외할머니를 처음 본 순간 하염없이 눈물만 흘렸다고 한다. 그래도 그때까지만 해도 잘 살 수 있을 거라는 희망이 있었다고 했다. 그때 엄마 나이 25살이었다.

엄마 나이 37세, 자식들의 학교문제 때문에 대구에 올라오게 된 그 때는 남편과의 사이가 극도로 좋지 않았던 시절이었다. 44세 즈음, 결국 아빠와 어떤 여자가 한바탕 소동을 벌여 엄마는 아빠를 집에서 쫓아낼 수밖에 없었다. 남편이 벌어오는 돈으로 살다가 직접 돈을 벌지 않으면 안 되는 상황이었다. 청소일, 공공근로, 고물 수집 등 돈을 벌기 위해 악착같이 노력했다. 내가 학교 다니면서 받았던 1만 원, 2만 원은 엄마가 4~5일은 고물을 주어야 벌 수 있는 돈이었다는 것을 나는 20대 후반이 되어서야 깨달았다(외면하고 싶었던 것일지도 모른다). 그러다 길거리에서 청소하다 교통사고를 당하기도 했다. 하루 벌어 하루 먹고 살던 때라서 엄마는 일찍 퇴원을 했고, 그때 이후로 허리가 계속 아프다고 슬픈 어조로 읊조리곤 한다. 항상 자식을 위해 돈을 벌던 엄마는 뭐가 부족한지 우리에게 많은 것을 못해준 게 후회되고 미안하다고 매번 말끝에 추임새를 단다.

56세, 엄마는 아빠와 우여곡절 끝에 이혼도장을 찍었다. 한때 연을 맺고 살았던 남편과 진짜 끝낸다고 하니 많이 망설였다고 한다. 그렇지만 먹고 사느라 그런 것들을 하나하나 따질 시간도 생각할 시간도 없었다고 그때의 심경을 이야기했다. 다만, 남편이 나이 들어 자식들에게 손 벌리고 짐이 될까 걱정이라고 했다. 인터뷰 말미에 아들인 내게 남편같이 살지 않았으면 한다고 신신당부를 했다. 귀가 얇아서 남의 말에 좌지우지되지도 말고, 행동을 가볍게 하지 않으며, 행복하게 살았으면 좋겠다고 했다. 옆에 있던 동생에게도 평범하게 직장 다니고, 살도 빼서 남들처럼 살았으면 좋겠다고 바램을 이야기했다. 60세, 자식을 위해 모든 걸 다 내준 엄마는 해줄 수 있는 게 너무 없어서 항상 미안하다며 인터뷰를 마감했다.

퇴근 후 집에 와 밥도 먹지 않고 엄마를 앉혀 두고 과거를 물어나갔다. 정말 궁금했다. '부모님과 같은 삶'을 살지도 모른다는 불안감을 바꿔줄 황금열쇠가 엄마의 과거에 있을 것 같았다. 그 불안감은 연애도 결혼도 망설여지게 하는 '부모님처럼 살게 될까봐-콤플렉스'였기 때문이다. 결론부터 말하면 어떤 궁합이나 운명 같은 것이 아닌 서로 간의 소통부재로 인한 결과였다. 엄마가 몸이 아프고 모든 것들을 귀찮아하고 방 청소를 제대로 하지 않았던 것은 아마 상실감 때문이었을 것이다.

옛날을 회상하는 엄마모습은 영락없이 소녀였다. 마치 그 시절 그 언덕에서 친구들과 수다 떠는 여중생의 모습이었다. 하나를 물으면 묻지 않은 것까지 그 이상을 말했다. 마치 얘기를 들려주기 위해 기다리고 있던 사람처럼. 덕분에 조금이라도 엄마를 이해할 수 있는 시간이었다. 좀 더 가까워진 느낌이었다.

글쓰는 청소부 아지매

친정엄마는 나를 낳고 온몸이 부었다고 했어. 그 모습을 본 엄마 친구가 삶아온 누런 호박을 먹고 부은 것이 빠졌다고 들었다. 우리 엄마도 참 힘들었겠다는 생각에 잠겨본다.

내가 교통사고 났을 때도 그때 퇴원하지 않고 보험회사와 합의보지 않고 병원에 계속 물리치료하며 완전히 다 회복해서 퇴원했어야 되는데 후회막심하다.

옛날이야기는 과거지사의 일이다. 내가 더 젊은 나이에 이혼하고, 또 자식이 더 어릴 때 이혼했더라면 내가 일을 더하던 국가의 도움을 받던 너희들을 물질적인 면에서 더 고생을 시키지 않았을 텐데 지나간 일이지만 많은 후회가 된다. 미안했었다. 올바른 판단 빨리했어야 되는데.

 모모

할머니가 잘못했네.

아빠와 엄마가 서로 잘못했네.

행복의 조율

누구나 평등한 권리가 있다. 이 말에 동의하지 않는 사람은 없을 것이다. 하지만 이 생각이 가족에게는 반영되지 않을 때가 많다. 가장 믿고 가깝고 편한 사이라서 가족에게 희생을 강요할 때가 많다. 나부터가 그렇다. 최근에 거의 한 달간 잠을 제대로 자지 못했다. 회사일이 급하니 자연스럽게 늦게까지 야근했고, 두 달간 잠을 제대로 자지 못했다. 기억력은 감퇴되고 참을성은 부족해졌다. 무엇보다 나를 힘들게 한 것은 꿈을 위한 시간을 가질 수 없다는 것이었다. 회사를 마치고 집에 돌아오면 대부분 새벽 3시가 넘었다. 그렇게 밤을 샐수록 열심히 일할수록 생각이 사라져갔다. 몸이 너무 피곤하니 생각할 여유조차 사라지고 관습적으로 행동하게 되었다. 일이 바쁘다고 빨래를 미뤄뒀다가 어머니가 할수밖에 없는 상황을 만들거나, 동생이 이야기를 하고 싶어서 왔을 때 빨리 할 말만 하고 가라고 윽박지르거나, 듣다가 잠들어 버리릴 때가 많아졌다. 나를 위한 배려가 필요했다. 한번쯤 12시간을 넘게 밀린 잠을 자고 나니 신기하게도 머리는 다시 돌아가기 시작하고 모든 것이 정상적으로 돌아오기 시작했다.

　가족은 가장 가깝고 믿고 의지할 수 있는 존재이다. 가족을 위해서 일하는 것인데 오히려 수단과 목적이 바뀌어 버렸다. 이런 현실은 일상이 되고 스스로를 챙기기도 버거워서 가장 익숙하고 쉽게 대하는 가족에게 스트레스를 풀기 쉽다. 가족을 위한다는 목적은 어느새 일을 그만두지 못하는 족쇄로 느껴지게 되고 분노의 대상이 된다. 정작 스트레스의 원인은 다른 곳에 있지만 나는 그것을 오해하기 시작한다. 중요한 것은 일상적인 것이 많아 쉽게 망각하곤 한다. 가끔 가족영화나 TV속 가족의 슬프거나 감동적인 사연을 보고 눈물을 훔치며 가족을 위해야 한다는 마음을 깨닫지만 그 감정은 오래가지 못한다. 감정이 행동으로 이어지고 반복돼야 생각과 습관이 바뀐다. 감정만으로는 소모적이고 일회성일 확률이 높다. 가족은 그런 존재가 아니다. 가족은 나와 함께 행복해질 필요가 있는 평등권을 가진 존재이다. 가족의 행복평등권은 서로를 위해주지 않으면 효력을 발하지 못한다. 다른 이들을 평등하게 대하는 것은 국가적, 시민적, 이웃 같은 평등의식이다. 가족끼리 서로를 위할 때 가족은 평등해진다. 그러기 위해서는 나부터 평등해질 필요가 있다.

책이라고는 23년간 읽을 생각이 없던 동생이 책을 읽고, 글을 쓰기 위해 밤을 지새는 모습을 보니 뿌듯하다. 이제는 동생의 밝은 미래를 기분 좋게 상상해보게 된다. 어떻게 되든 과거보다는 좋아질 거라는 생각이 든다. 어머니 또한 꾸준히 공부를 하는 모습이 멋지다. 하지만 나는 어쩐지 배가 산으로 가고 있는 느낌이 든다. 다시금 가족과 나와 일의 균형을 이루어야 할 것이다. 사계절의 시작이라 말할 수 있는 봄이 왔고 새 학기가 시작되었다. 이런 분위기에 편승하여 나 또한 1월에 세웠던 새해계획을 다시금 점검하여 야근을 하지 않는 방법을 모색해야겠다.

가족은 혼자만의 힘으로 이루어지지 않는다. 가족 서로의 평등한 균형이 이루어져야 한다. 서로에게 피해를 주는 관계가 되어 있는 건 아닌지 나부터 점검해봐야겠다.

> 글쓰는 청소부 아지매
> 잠을 제대로 자지 못했다니 마음이 아프구나. 너에게 미안하다.

> 모모
> 내가 책을 많이 읽던 것도 다 과거의 일이 되었어. 현재의 나는 다시 책을 읽지 않게 되었지. 관심이 가는 책을 구매하기만 하고 읽기를 않아서, 시간이 갈수록 보려고 했던 책만 쌓이고 있어.

> > 꿈야신
> > 괜찮아~♪ 잘될거야~ 너에겐 눈부신 미래가 있어~
> > 이 노래가사처럼 나도, 엄마도 모모, 널 믿어!
> > 닭강정 한 입에 걱정을 톡 털어버리자.

매일 똑같은 잔소리에
숨겨진 비밀

"제발 할 건 해놓고 딴짓해라, 돈 좀 아껴 써라."

나는 지금 잔소리 중이다. 그렇게 듣기 싫던 엄마의 잔소리와 닮은 재촉을 동생에게 하고 있다. "엄마, 내가 그래서 미리 얘기했잖아. 내 말 좀 들어라", "왜 만날 늦어. 미리 해두라고 했잖아." 문제는 동생뿐만 아니라 엄마에게도 잔소리하고 있다는 것이다.

얼마 전 뉴스에서 '직장 없이 집에 있을 거면 나가라'는 잔소리에 엄마를 때려 숨지게 한 30대 청년의 이야기가 실렸다. 청년은 우발적 폭력으로 엄마가 쓰러지자 119에 직접 전화를 걸어 신고했지만 끝내 숨지고 말았다. 그 청년은 경찰 진술에서 "평소 어머니와 직장 문제로 싸우며 불만이 있었지만, 그날은 내가 왜 그랬는지 모르겠다"고 말했다. 잔소리를 듣다 보면 화가 나고, 스트레스가 쌓인다. 스트레스를 받다 보면 생각지도 못했던 일이 벌어질 수 있다. 그래서 잔소리를 하고 나면 '아차' 하면서 후회할 때가 많다.

우리는 왜 잔소리를 할까?

우종민 서울백병원 정신건강의학과 교수는 "잔소리는 개선하길 바라는 걸 알려주는 행위여서 기대가 있으므로 하는 것"이라며 "아빠에 비해 엄마가 자녀를 굶주리지 않게 하는 데 관심이 더 많고 아이들 공부도 엄마 몫이 돼 있어 잔소리를 많이 할 수밖에 없다"고 한다. 누군가에게 관심을 두고 보호하고 싶은 마음이 잔소리를 불러올 수 있다는 것이다. 여기서 우종민 교수의 말에서 자세히 보아야 하는 부분이 있다. '아이들 공부도 엄마 몫이 돼 있어 잔소리를 많이 할 수밖에 없다'를 보면 누군가에게 많은 몫의 일이 주어진다는 걸 알 수 있다. 일이 많다 보면 시간부족으로 이어지고 여유가 없어진다. 여유가 없으면 공감, 설득의 말보다 일방적인 잔소리를 하게 될 확률이 높다.

가톨릭대 정윤경(심리학) 교수는 "아끼는 사람에 대한 걱정과 관심이 불안한 마음과 합쳐져 나타나는 역기능적 대화가 잔소리다"고 설명한다.* 잔소리를 들으면 흘려 듣거나 반항심이 생기기

---

    * 김성탁 외 2명, [꿈꾸는 목요일] 대학생 딸도 집 나가게 하는 잔소리…엄마, 참으세요, 중앙일보, 2015-05-14,http://article.joins.com/news/article/article.asp?total_id=17797265&cloc=olink|article|default

도 한다. 또는 잔소리에 지쳐 포기하고, 말하는 사람에게 맡겨버리거나 책임을 전가해버린다. 국어사전에서 잔소리는 '쓸데없이 자질구레한 말을 늘어놓음, 필요 이상으로 듣기 싫게 꾸짖거나 참견함'이라고 정의한다.** 나는 '같은 말을 반복해서 말한다'는 항목을 추가하고 싶다. 관심과 상대방을 위하는 말이 잔소리로 바뀌는 이유를 여유가 부족하기 때문이라고 하기에는 섣부른 일반화일 수 있다.

나는 아직 결혼은 안 했지만 집안에서 장남이자 가장역할을 맡고 있다(고 생각한다). 가장역할은 처음이라서 혼란스러울 때가 많다. 내가 아니면 안 된다고 생각하다 보니 어느새 집안일이 하나씩 늘어났다. 가족은 소중하기에 실험 정신을 발휘해 쉽게 결정하지도 실패하게 두지도 못한다. 그래서 잘되기를 바라는 마음에 잔소리를 길게 하게 된다. 하지만 결국 가족 구성원 모두 필요한 실패를 겪을 수 있게 해야 한다. 처음 살아보는 삶에서 각자의 길을 찾을 수 있도록 지켜봐 주는 거리가 필요하다.

잔소리를 방지하기 위해서는 조언보다는 관찰이 우선인 것 같다. 상대방의 행복을 위해 하는 말이라도 상대방의 입장에서 행복인지 생각해봐야 한다. 우리는 이 간단한 원리를 감정에 속아 내 의지와 상대방의 의사를 헷갈려 한다. 상대방의 의사를 묻

** 네이버 국어사전, 잔소리, 접속일자 2015-05-25,
http://krdic.naver.com/detail.nhn?docid=32009300

지 않는 관심은 잔소리가 된다. 이미 답을 정해두고 묻는 다그침은 관심이 아니다. 나이가 어리다고 다르지 않다. 상대방의 관심에 우왕좌왕해서도 안 되지만 나의 염원을 상대방에게 주입하는 건 더욱 올바르지 않다. 습관을 고쳐주려 하거나 올바른 방향으로 안내하려 한다면 기본적으로 서로 간에 존중하는 마음이 있어야 한다. 다른 사람을 위하는 말도 배려가 있어야 잔소리를 면한다. 이해 받고 있다는 마음은 신뢰로 이어진다. 나는 아직도 가족과 매일 싸우고 이해하면서 살아간다. 가족 간의 소통이 쉽지는 않겠지만 잔소리가 따뜻한 소리가 되도록 노력해야겠다는 생각이 든다. 이제부터라도 잔소리나 조언을 할 때, '사랑해'라고 추임새를 붙여 볼까 싶다.

 글쓰는 청소부 아지매
나도 가급적이면 반복되는 말을 안하고 싶지. 당연한 말이지만, 말하고 돌이켜 생각해보면 항상 후회되는 단어를 내 가슴속에 가져가 내가 한 말 깊이 반성하게 되더라.
나 역시 머리가 복잡할 정도로 머리가 아프다. 서투른 말이고, 익숙지 않은 말이지만 못 배운 한글도 배운다는데 한번 해보도록 노력을 해보아야겠다는 생각을 해본다.

 모모
엄마도, 오빠도 조언이 잔소리로 자라지 못하게 적당히.

나와 함께 한
하루

성탄절마다 빌었던 소원이 있다. 다음 크리스마스에는 여자 친구와 보낼 수 있게 해달라는 소원이었다. 소원은 아직 진행 중이다. 이번 크리스마스는 스스로에게 '가족과 함께' 라는 핑계를 대면서 바쁘게 보냈다. 혼자 여행을 다녀와서 미안한 마음이 들어, 크리스마스도 되었으니 짧은 가족나들이를 계획했다. 아침 6시에 눈을 번쩍 뜨고 나들이 일정을 짜기 시작했다. 처음엔 부산, 포항으로 가려다가 거리가 멀어 피곤할 것 같아 집에서 가까운 놀이공원을 갔다. 대구타워에 올라가 식사와 병맥주 한 잔하고 집에 오기로 했으나 예상외로 비용이 너무 많이 들고, 사람이 많을 것 같아 다른 곳을 알아보기로 했다. 최종적으로 대구미술관-영화-카페-집으로 이어진 코스를 계획했다.

영화는 가족나들이에 어울리는 '집으로 가는 길'로 예매했다.

영화를 보는 동안 눈물을 닦아내느라 혼났다. 영화를 다 보고 나왔는데 퉁퉁 눈이 부은 동생이나 나와 달리, 엄마는 시무룩한 표정이었다. 얼마 전에도 영화를 보고 나서 시무룩해 하던 게 생각나 추궁을 하니 이렇게 좋은 영화를 보고 맛있는 거 먹는 걸 좋아하는 분과 함께 오고 싶었다고 하면서 기운 빠진 이유에 대해 실토했다. 난 약간 화가 났다. 가족 모두 즐겁자고 영화 보러 왔는데 시무룩해진 엄마를 보니 내가 괜한 일을 한 것 같은 느낌이 들어 짜증이 났다.

영화 덕분에 실컷 울고 맛있는 것까지 먹고 났더니 피곤이 몰려왔다. 그래서 미술관은 건너뛰고 카페로 향했다. 집 근처 카페에서 가족의 올해 계획을 세우기로 했다. '하고 싶은 것, 가지고 싶은 것, 가고 싶은 곳, 되고 싶은 것'과 살면서 가장 우선으로 두고 싶은 가치를 선택했다. 내년에 동생은 학점은행제, 다이어트에 집중하고 엄마는 검정고시, 건강 챙기기에 집중하기로 했다. 매일 검정고시 못하겠다고 투정부리는 엄마, 스트레스에 예민해 자주 두통에 시달리는 동생이 좀 더 행복하게 살았으면 좋겠다. 아니, 두 사람 다 알아서 잘 살아서 내가 신경을 덜 써도 되는 상황이 되었으면 하는 마음이 더 큰 건지도 모른다.

나들이 중에 많은 커플들이 손을 잡고, 구석에서 뽀뽀하고(내가 다 봤다!), 서로 안고, 다정스럽게 얘기하는 모습을 보며 많은 생각이 오갔다. 본능적으로는 나도 여자 친구와 영화같이 달콤한 장면 속 주인공이 되고 싶지만, 나를 알기 전에는 누구도 사랑하지 않기로 한 결심을 다잡았다. 이전엔 여자가 지상 최대 과제였지만, 그로 인해 항상 불안했다. 그 과제엔 부족한 내가 '영영 행복한 결혼생활을 못하면 어떡하나'하는 고민이 늘 따라붙었다. '고민해도 안 되면 결혼 안 하면 되지'라고 결심을 하니 조금은 불안감이 줄어들었지만, 여전히 언젠가는 좋은 사람을 만날 수 있지 않을까 하는 기대를 버릴 수는 없다.

크리스마스. 연인들의 달콤함이 줄줄 흘러 넘치고 있었다. 앞으로 가족이 될 연인에 대한 생각이 깊어졌다. 생각은 누군가를 사랑하기에 나는 여전히 부족하다는 데 가 닿았다. 그렇기에 더욱 나를 사랑하고 알아가는 일이 소중하다는 것을 알게 된 하루였다. 안부를 핑계로 친구들에게 즐겨 하던 전화수다도 자제하기로 했다. 혼자 있는 시간을 확보해 나를 발견해야지.

 글쓰는 청소부 아지매
깊이 생각해보고 말을 했어야 했는데 내가 신중하지 못한 것 같구나. 나는 앞뒤 상황을 보고 얘기하는데 이번엔 내가 실수했다. 너의 마음도 깊이 모르고 내가 하지 말아야 할 말로 너의 기분과 마음을 아프게 한 것 같아 미안하다. 진심으로.

 모모
가족과 영화를 보러 온 것인데, 좋아하는 분과 영화를 보러 오고 싶었다는 말을 하면 듣는 가족이 상처를 받을 수 있지. 엄마는 상황을 보고 말하길.

3부

함께
꿈꾸다

엄마,
나를 꿈꾸다

아들이 권해준
글쓰기

아들을 통해서 글쓰기를 시작하게 됐다. 처음에는 어떻게 글을 써야 할지 앞이 캄캄했었다. 내 나이 60세, 하루가 다르게 건강이 많이 나빠진다. 내가 지금 하고자 하는 일이 과연 잘하는 행동일까? 왜 책 읽으려고 책 펼 생각만 하면 머리가 터질 정도로 아플까. 고통스러울 정도로 참기가 어렵다. 왜 그럴까. 책만 펴면 머리가 아프고 잠이 온다. 조금만 아픈 것이 아니고 빨래 방망이로 머리를 두들기는 것 같다. 그래서 병원 가서 머리 아픈데 먹는 약도 지어왔다.

나는 부족함이 많다고 생각한다. 시인이나 아나운서, 소설가처럼 말이나 글에 유창한 사람이 아니기 때문에 많이 망설여진다. 나는 글이란 자기가 지금까지 살아온 인생역경이라고 생각한다. 부끄럽지만 내가 60년 동안 살면서 여러 사람들과 얽히며 대화하고 연세 많으신 분들한테 많은 것을 배운 것을 적기 시작했다. 글을 씀으로써 내 자신이 지금까지 해온 행동, 말한 것 중에 잘못한 것이 있으면 반성의 발판이 되기도 하니까. 사람은 글을 적어보는 것도 좋은 기회라고 생각한다.

나이가 들면 뇌기능이 약해져서 머리기능이 둔해진다. 하지만 글을 쓰다 보면 두뇌가 원활하게 회전이 되어서 머리가 맑아지고 기억력이 좋아질 것이다. 상대를 바라볼 때 마음의 창도 달라질 것이다. 또 글을 쓰고 있는 그 시간만큼은 다른 복잡한 생각이 머리에 떠오르지 않기 때문에, 머리나 마음이 복잡할 때 글을 쓰는 것은 현명한 방법이라고 생각한다.

아들이 글 쓴 것을 모아 책을 낸다고 했다. 부끄럽고 싫기도 했지만 아들이 책을 내면 작은 금액이라도 원고료가 들어온다고 했다. 그 얘기를 들으니 가슴이 부풀어 오르고 힘이 불끈불끈 솟았다. 작은 돈이라도 내 자식을 도와주고 내가 몇 살까지 살지는 모르지만 나도 뭔가 하나 이루어낸 것이 생긴다는 마음에 어깨가 당당하게 세워졌다.

지금도 내가 글을 적는 것에 대해 자신이 없다. 내가 잘 할 수 있을까? 끝마무리를 할 수 있을까? 자신감이 없어지고 포기해버릴까? 하는 생각이 든다. 하지만 이젠 나도 어느 누구 앞에서도 자신 있고 당당히 떳떳하게 나설 수 있는 인격과 재능을 갖춘 멋진 여성으로 태어나고 싶다. 글쓰기 과정이 힘들다는 것은 잘 알지만, 힘든 과정을 거치지 않고는 무슨 일이든 목적에 도착할 수 없다는 것을 안다.

그래도 나름 터득한 노하우가 있는데 좋아하는 노래를 들으면 그나마 머리가 덜 아프다. 열심히 노력할 수밖에 없다. 책만 펴면 머리가 아프기는 하지만… 아들에게 머리 아프니 노래 좀 틀어달라고 해야겠다.

아들아, 오늘은 신유의 '시계바늘'로 틀어다오.

 모모
누구나 같은 마음을 가지고 있다. 나도 글 쓰는 거 힘든데, 두려워하지 말고 같이 하자.
차근차근 천천히 책을 읽어보자. 하지만, 요즘 나도 책을 안 읽어서 내가 할 말은 아닌 것 같네 ^.^;

꿈야신
여러 고민이 많았네, 우리 엄마.
나도 회사 일하랴, 내 글 쓰랴, 엄마랑 동생 과제하도록 옆에서 독촉하랴 정신없어서 여유를 가지고 부드럽게 도와주지 못했던 것이 아쉽네. 책으로 내자고 했을 때, 겁이 나기도 하고 부끄럽기도 했겠지만 결국 용기를 낸 엄마가 자랑스럽고 멋지다. 그리고 내가 읽어보니 부끄러울 얘기 하나도 없더구만. 내가 지레 겁먹지 말라 했나, 안 했나!

태어나서
처음 해본 염색

아들이 시내에 있는 미용실에 가자고 권했을 때 나는 절대 반대 의사를 밝혔다. 동네 미장원보다 돈이 더 많이 들 것이라는 것이 첫째 이유였고, 두 번째는 머리스타일도 별 차이 없을 거라는 생각 때문이었다. 결국 나는 아들의 설득에 타협을 했다. 미용실에 한 번 가보고 집 주변 미장원과 똑같을 경우 다신 안 가기로 했다.

그런데 막상 시내 미용실에 가보니까 처음 온 사람인데도 친절과 서비스가 동네 미장원과 달라 호감이 갔다. 염색하고 머리를 자르고 난 뒤로 동네에서 아는 지인을 만날 때마다 머리 예쁘다고 칭찬하면서 어디서 했는지 물을 때는 잘 갔다는 생각이 들었다. 집에서 시내 미용실까지 가는 길이 귀찮고 가기 싫을 때도 가끔 있었지만 원장선생님과 직원 분들의 친절함, 세심한 배려에 다녀오면 마음이 뿌듯하고 기뻤다.

머리가 잘 길어서 짧게 해달라고 하니까, 원장선생님이 "어머님, 머리를 너무 짧게 하면 여성스럽지 못하고 남자 같은 느낌이 드는데요"라고 말했다. 하지만 빨리 자라는 머리가 신경 쓰여 짧게 잘랐는데, 막상 자르고 나니까 어쩐지 여성스럽지 못하고 남자 같기도 했다. 하지만 '머리가 잘 기니까 어쩌겠어. 머리가 길면 청소하는데 신경쓰인다'고 생각하면서 계속 짧은 머리를 유지하고 있다. 한편으로 원장선생님을 믿지 못하고 괜히 그런 말을 했나 싶어 부끄러운 생각도 든다.

아들이 서울로 가고 난 후, 나는 결국 가격이 싼 동네 미장원에 다닌다. 동네 사람들이 예전에 했던 머리가 더 예뻤다고 할 때마다, 시내 미용실이 생각나기도 하지만 어디에 있는지 찾아가기도 힘들고 가격도 비싸니 이걸로도 충분하다 생각한다.

댓글

모모
엄마, 여성스럽지 않아도 괜찮아.
자기만의 스타일로 밀고 나가길!

꿈야신
내가 서울로 올라오고부터 그 미용실을 안 다니는구만. 어쩐지 머리스타일이 이상하다 했어. 요즘은 그래도 동네미용실 단골이 돼서 예쁘게 고데기도 해주고 화장도 해주더만. 다음엔 내가 염색약 사서 해주꾸마.
빨~간색으로! 화려한 사모님처럼!

나도 사랑한다고 말하고 싶다,
표현의 대물림

　나의 어머니, 아버지는 사랑한다는 말을 잘하지 않는 분들이었다. 그래서 그런지 나도 사랑표현은 잘하지 못한다. 부모, 자식 간에도 사랑표현을 자주 하도록 노력해야 한다고 생각한다. 어색하지만 사랑표현을 자주 해야 서로 간에 정도 두터워질 수 있고 밀접한 관계가 될 수 있다고 생각한다.

　그리고 하나 더, 가족 간에 얼굴을 마주 보면서 대화의 장을 자주 만들면 좋을 것 같다. 서로가 어색한 부분도 친밀해지도록 노력을 해야 할 것이며, 서로가 부족한 부분이나 충고해줄 것이 있으면 충고도 해주면서 말이다. 부모 자식 간에 자주 대화하고 사랑표현도 할 수 있도록 노력해야 할 것 같다. 처음이라 쑥스럽겠지만 열심히 최선을 다해서 노력할 것이다. 그렇게 하다 보면 차츰 나아질 것이라고 믿는다.

"사랑하는 아들, 딸아. 지금까지 60년을 살아오면서 너희들에게 사랑한다는 말 한마디 하지 못한 것 진심으로 사과한다. 지금부터라도 쑥스럽지만 열심히 노력해볼게. 서로 노력해보자. 마음고생시켜서 미안하다.

만일 나도 사랑하는 사람이 생기면 한 사람만을 생각하며 곧고 올바른 대나무처럼 앞으로 밀고 나갈 거다. 부모와 자식 간의 사랑도 많이 생각하면서 열심히 노력할게. 우리, 열심히 노력해보자."

댓글

모모
서로가 서로한테 상처가 되는 표현은 금지.
엄마, 충고보다는 힘이 되는 행동을 해야 한데이~.

꿈야신
엄마에게 사랑한다는 표현을 하기 전까지는 가족 간에 사랑한다는 감정을 알지 못했어. 다들 화목하게 사는데 우리 집은 서로 챙겨주면서도 짜증내고 티격태격하더라. 근데 조금 투박해서 그렇지 우리가 사랑하지 않는 건 아니라는 것을 이제는 알아. 우리 서로 많이 안아주고 응원하며 사랑하자. 엄마, 너무 자책하지 않아도 된다. 내가 더 표현 많이 할게. 그래도 엄마의 애정표현을 살짝 기다려 본데이~.

아들아, 사랑한다.
막걸리 한 잔만 사와라

"내가 왜 먹지도 못하는 술을 입에 댔는데."

나는 술을 마시지 못한다. 술을 먹을 때는 입 안에 반찬이나 과자를 먼저 넣고 난 후에야 술을 마실 수 있다. 그렇게 마시기 힘든 술을 아들에게 사오라고 할 때는 괴로운 일이 있을 때다. 술의 힘을 빌려 괴로움을 잊기 위해 오늘 아들에게 술 심부름을 시켰다. 술을 먹어도 괴로운 마음은 풀리지 않을 것 같지만. 술 먹는다고 해결되는 게 아니라는 걸 알고 있지만 술을 먹지 않고는 견딜 수가 없고 별다른 해결 방법도 떠오르지 않았다.

누군가를 만난다는 것이 왜 이렇게 힘든 것인지, 나의 살이 뜯겨져 달아나는 것처럼 내 마음과 살이 갈기갈기 찢어지는 것처럼 너무 아프다. 상대방이 왜 내 마음을 몰라주는 걸까? 물론 내가 상대방한테 잘못한 말과 행동도 있겠지만 상대방도 나에게 잘못한 행동이 있다. 말과 행동을 똑바로 했더라면 내가 못 먹는 술을 먹으면서까지 괴로워하지 않았을 거다. 내 마음은 변함없다. 변할 생각은 전혀 없다. 좋아하는 사람을 알고 지낸다는 것이 그렇게 잘못된 것인가? 사람이 사람을 좋아하는 것은 당연한 숙명이 아닌가. 어찌하면 좋을까?

연애를 잘해보고 싶고 만남을 유지하고 싶은데 부질없는 욕심일까. 만남도 어렵지만 헤어짐은 더 어려운 과정이 아닌가. 나는 하는 데까지 최선을 다해서 사랑해볼 생각이다. 힘든 아픔이 있을지라도 포기하지 않고 끝까지 밀고 나갈 생각이다. 하지만 지금은 도저히 괴로움을 이겨낼 수 없어서 술로 아픔을 잊어보려 한다. 그래서 오늘도 아들에게 문자를 보낸다.

"아들아, 사랑한다. 막걸리 한 잔만 사와라."

└ 모모
남자사람보다는 엄마한테 신경을 써라. 엄마의 정성을 몰라주는 사람과 관계를 억지로 이어갈 필요는 없으니까. 그리고 술로 풀지 말고 물로 풀기를 바란다. 술은 몸에도 건강에도 좋지 않잖아. 물 마시면 수분섭취라도 되지.

└ 꿈야신
엄마, 술 심부름은 언제라도 시켜도 된다. 하지만, 술이 과해서 불필요한 청소(?)만 안 하게 해줘. 다음에는 숙취가 별로 없는 좋은 술로 사가지고 올게.

아들아, 딸아, 삶의 끝에는
희망이 있단다

아들, 딸, 정말 고맙게 생각한다. 어려운 환경 속에서도 올바른 대나무처럼 똑바른 길로 걸어가 주어서 정말 고맙게 생각한다. 힘든 일이 많았을 거고 하고 싶은 일도 많았을 건데 참고 이겨내서 불평, 불만 보이지 않고 잘 살아줘서 정말 너희들한테 고맙게 생각한다. 부모 노릇을 다 하지 못했다는 생각에 항상 너희 둘에게 미안한 점 많다.

하지만 우리가 걸어가야 할 길이라 생각하면서 우리의 운명을 극복하면서 한 번 살아가 보자. 언젠가는 우리에게도 좋은 날이 있을 거라 생각하면서 항상 조용하고 숙연하고 경건한 마음으로 우리의 갈 길을 헤쳐 나가보자꾸나. 좋은 생각과 밝은 미소를 가지고, 상냥하고 친절한 말로 사람들을 대하면 언젠가는 우리들 앞날에도 먼 미래의 빛이 비춰지겠지.

내가 너희들에게 잘못한 행동이 있어도 조금씩 이해해주면 고맙겠다. 그러지 않으려고 노력하는데도 뜻대로 안 될 때가 있구나. 그럴 때는 너희 두 사람이 조금만 이해해주고 넓은 마음으로 용서를 해다오. 우리 한 번 이 어려운 고난과 역경을 잘 이겨내도록 하자.

 꿈야신
엄마, 어릴 때는 엄마의 조심스런 성격이 싫었어. 남들 눈치 보느라 그런다고 생각하면서 나는 내 고집을 키워온 것 같아. 이제는 엄마의 조심스러운 성격이 세심한 배려라는 걸 알게 되네. 나는 여전히 고집스러울 것 같아. 엄마가 삶으로 보여준 조용한 친절함이란 고집을 닮아가고 싶어.

 모모
우리 가족, 모두 힘내자!

이 정도 여유는
누려도 괜찮을 거야

　젊을 때부터 온갖 험난한 일을 겪으며 살아오면서 환갑을 바라
보는 나이가 되었다. 하지만 이 나이에도 여행은 꿈같은 일이다.
마음은 저 멀리 바닷가를 거닐고 있고, 꽃이 만발한 멋진 정원에
앉아 있지만 마음 속 꿈으로 마무리하게 되는 희망사항일 뿐이다.

　돈만 있으면 나도 일 안하고 놀고 싶다. 주변에 돈 많아서 일
안하고 놀러 다니는 사람, 건물주인 사람, 돈 많은 남자 만나서 일
안하고 잘 사는 사람, 그런 사람들이 부럽다. 하지만 현실적으로
나는 모아 놓은 돈도 없고 돈을 많이 버는 것도 아니고 기댈 수
있는 사람도 없어서 일을 한다. 나도 돈만 있으면 맛있는 것 실컷
먹고 놀러만 다니고 싶다. 내가 살아봤자 얼마나 더 살까?

　하지만 주변에 돈이 많아도 쉬지 않고 일 하는 사람들도 많더

라. 아무리 생각해도 이해가 안 된다. 이제 나이도 있고 모아 놓은 돈으로 조금 누리고 살아도 될 텐데 젊을 때 아끼고 안 쓰던 습관 때문에 몸이 망가지는 것도 모르고 계속 돈을 모으기 위해 일을 하는 사람들이 있다. 돈이 없으면 아무것도 안 되는 현재 실정이지만, 돈이 아무리 중요하다 해도 어느 정도 경제적 여유가 있으면 건강을 생각했으면 좋겠다는 생각이 든다.

나는 돈도 많지 않고 놀러도 많이 못 다니지만 불행하지는 않다. 간혹 허리가 많이 아프고 위장이 좋지 않아 밤새도록 잠 한숨 못 자고 화장실을 안방 드나들 듯이 자주 갔을 때, 기운이 하나도 없어서 쓰러질 단계가 됐을 때는 오늘 하루 일하러 안 나가고 푹 쉬었으면 하는 간절한 마음이 든다. 돈만 있으면 일 안하고 365일 놀러 다닐 것이다. 놀러만 다니면 아픈 곳도 개운하게 나을 것 같다. 가요교실도 다니고 싶고, 가슴에 담긴 생각도 시로 써보고 싶다.

해물(낙지, 문어, 해삼, 멍게, 회, 육회, 오징어, 쭈꾸미, 오징어 피대기)이 풍부한 바닷가나 꽃이 활짝 피어 있는 곳, 정자가 있는 곳(정자가 없는 곳이라도 괜찮다), 낭만이 있는 곳, 오징어가 찬바람에 얼렸다 말렸다 하는 곳에 가보고 싶다.

이 정도 여유는 누려도 괜찮을 거라는 그럴 듯한 말은 하지만 하루 정도 여행 갔다 오는 것도 내 형편으로는 힘든 일이다. 이루지 못할 일인데 자꾸 생각하면 무엇할까? 단념할 것은 단념하고 포기할 것은 포기 해야지. 마음속으로 생각할수록 마음만 더 괴롭다.

물론 가족이나 같이 공부하는 분들과 함께 제주도를 다녀온 적이 있지만 나는 다른 여행을 꿈꾼다. 아들이나 딸, 같이 다녀온 분들에게는 미안하지만 언젠가 한번은 사랑하는 사람과 하루라도 바람 쐬고 올 날이 있을 거라고 믿고 살아간다. 현재 힘들어도 좋은 날이 있을 거라고 긍정적으로 믿으면서 산다. 지금 당장은 멋진 바닷가나 아름다운 꽃이 활짝 피어 있는 곳을 가보지 못하지만 언젠가는 좋아하는 사람과 함께 갈 날이 있을 거라고 믿으면서 앞만 보고 열심히 살아갈 것이다. 이제 이 정도 여유는 누려도 괜찮지 않을까.

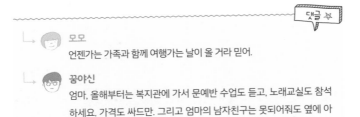

댓글 ✿

모모
언젠가는 가족과 함께 여행가는 날이 올 거라 믿어.

꿈야신
엄마, 올해부터는 복지관에 가서 문예반 수업도 듣고, 노래교실도 참석하세요. 가격도 싸드만. 그리고 엄마의 남자친구는 못되어줘도 옆에 아들, 딸 데리고 바닷가 함 갔다 옵시다!

내게도 하나의 길이
허락된다면

유언장.

살아있을 때 주위 분들께 물질적으로 대접해드리지는 못했지만, 항상 따뜻한 마음과 정으로 다가가려 노력했습니다. 맛있는 음식은 사드리지 못해도, 주위 분들을 대하는 따뜻한 마음은 지금도 변함없이 한결 같습니다.

언니와 형부, 제가 크게 잘 해드린 것도 없는데 이 동생을 마음속으로 생각해주는 것 정말 고마웠습니다. 아들과 딸, 정말 부유한 집에서 태어났더라면 어릴 때부터 고생하지 않았을 것인데 정말 이 엄마가 너희 둘을 고생시켜서 미안하다. 그 생각만 하면 눈물이 비 오듯이 흐른다. 너희들은 엄마가 건강하기만 해도 좋다고 말하겠지만, 너희들을 보면 내 마음이 갈기갈기 찢어진단다.

다시 태어난다면.

내가 다시 태어난다면 더 멋진 세련되고 여성의 미를 갖춘, 애교와 센스를 갖춘 여성으로 태어나고 싶다. 내가 많은 노력을 해야 되겠지만 키도 크고 얼굴도 갸름하게 생기고 몸매도 늘씬한 여성의 미를 겸비한 여자로 태어나고 싶다. 아이큐가 높고 지적인 매력을 갖춘 여성으로 태어나고도 싶다. 멋진 여자로 태어나서 나에게 맞는 남자 분을 만나서 인생을 사람답게 살고 싶은 것이 나의 희망사항이다.

서로가 부족한 면이 있을지라도 힘들겠지만 그것을 탓하지 않도록 서로에게 한발 다가가서 따뜻한 말 한마디, 정감 어린 미소를 주고받으면서 한 번 후회 없는 삶을 살고 싶다.

나는 배운 기술이 없었지만 아이들과 함께 생계를 위해서 배봉지포장, 전기부품 공장, 돼지사육, 간병인, 공공근로, 백화점 미화원, 폐지수집, 자활, 건물화장실 청소, 주방보조 등 다양한 일을 하면서 앞만 보고 일하며 살아왔다. 현재는 안 아픈 곳이 없는 나이가 되었지만 일 할 수 있다는 감사함을 느끼면서 하루하루 열심히 일하고 있다. 나도 인생에서 내세울 수 있는 무엇 하나를 가지기 위해 여러 고민을 해보았다. 고민 끝에 내가 잘한다고 생각하는 것과 싫어하는 것을 적어보았다.

내가 잘하는 것은 첫째로, (행동으로 잘 되지 않지만) 현재 내게 주어진 일을 끝까지 임무 완수하려 한다는 것이다. 2012년도부터 지금까지 열심히 일했다. 동사무소에 근무하시는 직원분으로부터 자기 몸 아끼지 않고 성실히 책임 완수한다고, 적당히 자기 몸도 생각하면서 점심 먹을 때는 점심 먹고, 쉴 때는 휴식을 취하라는 말을 들을 정도로 열심히 일했다. 동네 분들한테나 통장님한테도 자기 몸 아끼지 않고 너무 열심히 한다는 말을 많이 들었다.

둘째로, 나는 병원에 열심히 다닌다. 병원에 하루라도 빠지지 않고 가는 것이 힘들지만, 허리를 회복하고 일을 계속 하기 위해서 참고 실천 옮기고 있다. 나 자신과 나중에 만날 분을 위해서이다.

세 번째로, 아무런 생각을 하지 않으려고 열심히 노력한다. 가급적 한 곳에 집중하면 골치 아픈 문제가 덜 생각날까 싶어 노래도 듣고 외출도 한다. 곧고 올바른 대나무처럼 하나의 문제에만 마음이 가 있지만 계속 생각하지 않으려고 노력한다.

네 번째로, 약을 잘 챙겨 먹는다. 위염과 콜레스테롤이 높은 데 그 약은 꼭 지켜먹는다. 내 자신과 소중한 사람들을 위해서이다.

내가 싫어하는 것은 첫째로, 나 또는 상대편을 위해서 싫어하는 일도 해야 하는 것이다. 더 젊은 시절에 뚜렷한 직업을 가졌으면 이런 후회스럽지도 않고 나 자신이 덜 싫었을 것이다. 지금 이제야 뚜렷한 직업을 가지기에는 너무 늦은 것 같아 나 자신이 싫다.

둘째로, 좋아하는 사람들이 내 마음을 이해하지 못할 때다. 좋아하는 사람들로부터 전화나 문자 한 번 없을 때 정말 내 마음을 몰라주는 것 같아 섭섭하고 외롭다. 계속 기다리는 내가 싫을 때도 있다. 변함없이 기다려야 하는데 내 마음이 변하면 안 되는데, 변할 것 같아 그 모습도 싫다.

지금도 자신이 없고 과연 내가 글을 적는 것이 잘하는 것일까 싶다. 끝마무리를 잘 할 수 있을까? 자신감이 없어지고 포기해버릴까? 하는 생각도 든다. 하지만 이젠 어느 누구 앞에서도 자신 있고 떳떳하게 나설 수 있는 인격과 재능을 갖춘 멋진 여성으로 태어나고 싶다.

책만 펴면 잠이 오고, 타자가 서툴러 아들에게 쓴 글을 옮겨 달라고 부탁하지만 매일 책을 읽고 글을 쓰면서 젊은 시절에 잊어버렸던 봄날이 돌아오기를 준비하고 있다. 앞으로도 내게 하나의 길이 허락된다면 열심히 살아볼 것이다.

여러분, 제게 힘을 좀 주십시오!

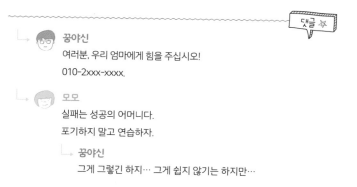

댓글

꿈야신
여러분, 우리 엄마에게 힘을 주십시오!
010-2xxx-xxxx.

모모
실패는 성공의 어머니다.
포기하지 말고 연습하자.

꿈야신
그게 그렇긴 하지… 그게 쉽지 않기는 하지만…

나는 내일도
청소하고 싶다

내가 2007년도 중반쯤 청소일에 첫 발을 내디뎌서 지금까지 모든 어려운 과정을 거쳐 지금까지도 일하는 것을 항상 감사하게 생각한다. 남편 월급만 받고 살던 가정주부에서 남편과의 갑작스러운 이별로 인해 무슨 일이라도 해야 했다. 항상 허리, 무릎이 아파서 힘들 때도 있지만 '과연 내가 이 나이에 무슨 일을 할 수 있을까?' 생각하면 고마운 마음이 솟아난다. 취업난이 어려운데 청소 일을 열심히 할 수 있게 해준 여러 분야 사람들의 노고에 감사드린다. 생계를 위해서 할 수 있는 날까지 열심히 하면서 살아갈 것이다.

하루라도 일을 하지 않으면 안 되는 실정이기 때문에 계속 청소 일을 하고 싶다. 현재 하는 일이 65세까지 밖에 할 수 없는 애로사항이 있지만 힘이 따라준다면 해당되는 나이까지 일을 하면서 주어진 일에 최선을 다하고 싶다. 비가 오면 오는 대로, 눈이 오면 오는 대로 힘든 점이 있지만 고맙게 생각하면서 주어진 책임 완수하면서 살 것이다.

맡은 일을 완수해야 한다는 마음에 음식물통에서 구더기가 올라와도 일을 했고, 하루 종일 걸으며 삼천원도 되지 않는 고물을 모아서 딸 수업 준비물을 사줬다. 비가 와서 남들이 일을 쉴 때도 우비를 입고 쓰레기를 치우러 나가는 강박적인 생계에 대한 책임감을 가지며 일을 했다. 안 아픈 곳이 없는 나이가 되었지만 일할 수 있다는 감사함을 느끼면서 하루하루 열심히 일하고 있다. 작은 일을 하더라도 주어진 일을 완수했을 때의 뿌듯함을 느끼며 어깨가 으쓱해지고, 누군가의 칭찬에 미소 지어지는 재미에 일의 낙을 찾아가며 살아가고 있다.

과거에 일을 마치고 가는 도중에 큰 차가 뒤로 후진하면서 뒤에서 있는 나를 밀어 바닥에 넘어졌던 일이 있었다. 그 때 마침 경찰차가 동네 순찰 돌다가 나를 발견해 경찰차를 타고 병원에 입원하게 되었다. 동사무소에서 동장님이랑 여러 사무보는 분들이 찾아와 주어 무척 고마웠다. 하지만 그때 병원에서 퇴원을 하는 것이 아니었는데, 지금 와서 무척 후회된다. 아는 지인이 자기 아는 사람이 경찰이라고 하면서 교통사고에 대해 물어봐 준다고도 했고, 주변 분들이 교통사고는 후유증이 무서운 거라서 절대 퇴원하면 안 된다고 했다. 게다가 병원 간호사 선생님은 집에 자식들 걱정하는 나를 위해 밤에 집으로 다녀올 수 있도록 배려해주었다. 그렇게 모두가 퇴원을 말렸는데 결국 나는 오래도록 청소 일을 빠지면 안 될 것 같아 퇴원하고 말았다. 그 이후로 너무 일찍 퇴원한 것을 후회한다. 교통사고 후유증으로 허리와 엉덩이가 아파서 힘든 나날을 보내고 있다. 지금이라도 나와 같은 입장에 처해진 사람을 만나면 이 말 꼭 하고 싶다. 절대 퇴원하지 말라고.

내가 죽었을 때, 주변사람들이나 아버지, 어머니에게 자랑스럽게 말할 수 있도록 살아갈 것이다. 100%는 만족하지 못하지만 70%는 힘들어도 앞만 보면서 살아왔다고 말할 것이다. 삶의 어려움은 누구에게나 있다는 것을 공감하기를 바라며, 지치고 힘겨운 삶에서도 중년아줌마의 소녀 같은 욕구충족과 함께 살아가는 기쁨을 나누고 싶다.

아침에 일찍 일어나서 일터에 8시 30분에서 35분까지 출근해서 주차장에 청소하고 담당자를 만나고 일터로 나가서 일을 하고 점심시간에 점심 먹고 오전이나 오후에 일을 열심히 하고 일을 마치고 집에 돌아올 때의 마음은 정말 발걸음이 가볍다. 맡은 바 임무 완수했기 때문에 발걸음이 가볍다. 집에 돌아와서 저녁에 반갑고 보고 싶었던 사람들을 만나면 모든 피로감이 사라지고 행복해진다.

 모모

하~ 엄마, 아프다고 꾹 참지 말고 병원 좀 가라.

그리고 무엇보다 엄마 건강이 더 중요하다. 퇴원하지 않았으면 후유증도 생기지 않았을 거니까.

운전하는 사람들은 사람이 있는지 없는지, 신호를 잘 보고 다니기만 해도 이런 사고는 없을 텐데…

 꿈야신

내 맘도 엄마가 일 안하고 하고 싶은 거 실컷 하면서 살았으면 싶네. 엄마도 워라밸(일과 삶의 균형)이 이루어졌으면 좋겠어. 물론 나도!

2장

만남을 준비하는
대인관계
초년생, 딸

나와 닮은
너에게 쓰는 편지

힘든 일을 겪은 사람들과 힘들었던 이야기를 같이 해보고 싶다. 서로의 아픔을 누구보다 잘 이해할 수 있을 것 같기 때문이다. 나는 그런 아픔을 들어주고 싶다. 그리고 아픔을 이야기하다 보면 우리는 서로를 이해할 수 있지 않을까. '나만 힘들었던 건 아니라고', '그건 나쁜 행동이었다고' 서로 지지해주는 친구가 되고 싶다.

왕따를 당해본 상처는 마음에 사람에 대한 불신을 남겼다. 대인관계의 어려움, 취업하라는 둥 살 빼라는 둥 참견하는 오지랖의 힘겨움을 서로 토로하다 보면 위로가 될 것 같다. '살 좀 찌면 어떻냐고', '너는 참 좋은 사람인 것 같다고', '우리 이제 꽃길만 걷자고' 나는 나와 닮은 너를 기다렸다고 말해주고 싶다.

글쓰는 청소부 아지매

이 글을 읽으니 가슴에 뭔가 큰 것이 와닿는구나. 얼마나 힘들었을까. 내 딸의 얼굴을 떠올려 보게 된다. 나도 편견을 가지고 사는 사람 많다고 생각한다. 나는 남자든 여자든 체격이 좋아도(비만이라도) 내가 가야 할 길만 보며 앞만 보며 걸어가지 절대 길가는 사람 쳐다보지 않고 앞만 보고 걸어간다. 그 체격 좋은 사람도 자기 나름대로는 열심히 체중 조절하려고 애써 노력하고 있는데 굳이 지나가는 사람들이 그 사람을 쳐다보면서 무슨 말을 할 필요가 없다고 생각한다. 참고 말없이 기다리는 미덕을 가지고 살면 옛말처럼 언젠가는 좋은 날이 있고 좋은 행복이 있을 거라 생각하면서 살아가면 좋지 않을까 생각한다. 지금 당장은 여러 생각에 힘들겠지만 좋은 날이 있을 거라고 생각하면서 힘내서 살아보자.

 꿈야신

나도 왕따를 당해보니 같은 아픔을 겪어본 사람끼리는 서로 공감과 연민을 바탕으로 가까워질 수 있더라. 아픈 추억이 하나의 공통점이, 대화 주제가 되는 거지. 너도 너를 닮은 친구를 만나 서로 힘내자고 말할 수 있으면 좋겠다.

내가 매장에서
옷을 살 수 있다니!

내 키는 156cm이다. 몸무게는 96kg이었다. 학교 다닐 때 별명은 '질퍽이 (포켓몬스터에 나오는 진흙괴물)'였다. 뚱뚱하고 땀을 많이 흘린다고 반 친구들이 붙인 별명이었다. 나는 그 별명이 싫었다. 그 별명을 부르면서 빵 셔틀을 시키거나 주먹으로 때렸다. 단지 조용하고 뚱뚱하다는 이유로 괴롭힘을 당했다. 그로 인해 스트레스를 받아 폭식을 할 때가 많았다. 악순환이었다.

허리가 너무 아파서 병원에 가니 의사선생님이 척추측만증이라고 하면서 살을 빼야 한다고 했다. 그 이야기를 들은 오빠가 헬스장을 등록해주고 식단과 운동법을 알려주었다. 나는 알려준 운동법보다 더 열심히 운동했다. 다이어트 중에 물을 너무 많이 마셔 저나트륨혈증 때문에 고생하기도 하고, 무리한 운동으로 과호흡증상, 빈혈, 무릎을 다치기도 했다. 힘겹게 63kg(-33kg)까지 감량을 했다. 몸무게를 빼니 반 친구들이 나를 대하는 태도가 달라졌다. '어떻게 살을 뺐니?', '살 빼니까 예뻐졌네' 등 평소와 다른 관심을 보였다. 그때는 어색하면서도 기분이 나쁘지 않았다. 하지만 무릎부상으로 운동을 못하게 되자 요요가 와서 90kg까지 다시 살이 찌게 됐다. 살이 찌니 반 친구들 반응도 예전과 같이 돌아왔다. 무릎이 좀 괜찮아져서 오빠의 권유로 다시 다이어트를 시작했다. 그렇게 여러 번의 다이어트와 요요가 반복되었다.

살만 빼면 모든 게 해결될 줄 알았다. 친구들의 괴롭힘도 사람들의 살 빼라는 듣기 싫은 말도 더 이상 없을 것 같았다. 계속 되는 다이어트 실패에도 꾸준히 운동을 하여 24살 때에는 매장에서 옷을 구매할 수 있는 몸무게가 되었다. 고도비만일 때는 매장에서 옷을 구매할 수 없어 빅사이즈 옷만 파는 인터넷쇼핑몰에서 구매를 해야 했다. 빅사이즈 옷은 예쁜 디자인을 찾기도 쉽지 않았고, 그조차도 사이즈가 없을 때가 많았다.

매장에서 옷을 살 수 있는 몸무게가 되었다고 마음껏 옷을 살 수 있는 것은 아니었다. 고도비만은 아니지만 정상체중은 아닌 비만인 상태라서 사람들의 시선을 감당할 수 없었다. 사람들이 계속 나를 쳐다보는 것 같아서 매장에서 옷을 구매하지 않은 채 매장을 빠져 나올 때가 많았다. 사람들이 나를 체중이 많이 나가는 체형으로 본다는 점이 마음에 안 들었다.

그래도 나는 이제 매장에서 옷을 살 수 있다.(쉽지는 않지만)

내 몸의 치수를 잰 다음에 매장에 간다. 마음에 드는 옷을 골라 거울 앞에서 몸에 걸쳐본다. 사이즈가 맞다면 직원이나 사람들의 시선을 신경 쓰지 않고 당당히 옷을 구매한다. 현재도 계속 다이어트 중이지만, 마음에 드는 옷을 집어 들고 당당히 탈의실로 가서 입어보고 구매할 수 있는 힘이 생겨 좋다.

댓글 🐥

 글쓰는 청소부 아지매
네가 매장에서 옷을 살 수 있게 됐을 때, 너의 마음 이해한다. 얼마나 기뻤 겠니? 허리가 아파서 네가 힘들었겠구나. 나도 얼굴이 예쁘고 이목구비 가 뚜렷한 외모의 얼굴은 아니지만 어느 누구도 나에게 거슬리는 스트레 스 줄 때면 나는 사생결단을 내곤 한단다. 나는 똑 부러진 성격의 사람이 니까!

 꿈야신
너하고 옷 쇼핑하러 다닌다고 하루에 8시간씩 돌아다닌 적도 있었지. 그 래도 하나도 힘들지는 않았어. 네가 좀 더 예쁘고 멋진 옷을 입은 모습을 기대하며 오히려 힘들어하는 너를 이끌고 이리저리 돌아다녔으니까. 매 번 사이즈 맞는 옷은 왜 그리 비싼 옷인지, 품번을 적고 인터넷으로 가격 을 비교했지. 너무 맘에 들지만 비싼 옷은 몇 시간씩 고민하다 못 사고 돌아올 때도 있었고, 그때마다 내색은 안 하려 했지만 체념하는 너를 볼 때면 내 맘이 씁쓸했어. 오히려 네 옷 보러 다니느라 피곤하다는 망발을 하기도 했지. 이제는 약간 통통하고 건강한 몸이니 더 신경 쓰지 말고 편 안히 다녀도 돼. 내가 인증함.

인정받는 즐거움을 알려준
바이브상

고등학생 때, 오빠가 소개해준 반딧불이라는 청소년문화공동체에서 하는 프로그램에 참가했던 적이 있다. 그 프로그램에 참가한 또래 친구들은 학교 친구들과 달랐다. 심한 장난을 치거나 괴롭히지 않았다. 서로 얘기도 많이 하고 친했다. 하지만 내게는 모두가 낯설어 친해지기 어려웠다. 나는 말, 행동, 감정표현을 어떻게 해야 할지 몰랐다. 조용히 할 일만 묵묵히 할 뿐이었다.

그런 내게도 무언가를 잘해서 사람들에게 인정을 받고 싶은 마음이 있었다. 어느 날은 모두 노래를 부르는 시간이 있었다. 평소 조용히 있던 내게도 마이크가 왔다. 머뭇거리던 나는 반주가 시작되면서 가슴에 담아둔 감정을 모두 담아 노래를 불렀다.

프로그램의 마지막 날, 나는 상장을 받았다. 상장에는 '바이브상'이라고 적혀 있었다. 상장의 내용은 '위 사람은 열정적인 노래로 큰 인상을 주었으며 그 중 아주 열정적인 바이브레이션으로 좌중을 놀라게 하였으므로 이 상장을 수여함'이라고 적혀 있었다. 평소에 스트레스가 쌓이면 동전노래방에 가서 노래를 부르곤 했다. 이때도 사람들에게 인정받기 위해 노래를 부른 게 아니라, 쌓여 있던 스트레스를 풀기 위해 노래를 불렀을 뿐이었는데 막상 사람들로부터 인정을 받으니 기분이 좋았다. 무엇보다도 사람들이 나를 알아준다는 느낌이 들어서 좋았다.

 꿈야신
나도 한때 친구들에게 관심 받고 싶어서 노래를 엄청 연습했었지. 노래방만 가면 내가 인기스타였어. 공부도 못하고, 키도 작고, 가난하고, 잘 생긴 것도 아니라서 여자애들이나 친구들에게 잘 보일만한 것이 없었기 때문에 노래만 주구장창 불렀어. 그걸로 친구들 사이에 내가 있을 자리를 찾았던 것 같아. 지금은 굳이 노래가 아니더라도 친구들과 속마음과 일상 이야기를 나누며 잘 지내. 너의 그 노래 실력은 우리 집안의 숨길 수 없는 재능인가 싶기도 하면서 결핍을 채우려는 갈망의 외침인가 싶은 생각이 들기도 하네. 같이 힘차게 외쳐보자!

 글쓰는 청소부 아지매
가영아, 고등학교 시절, 참 힘들었겠구나. 그리고 나도 노래 좋아한단다.

짜증나지만
내 엄마입니다

엄마가 하는 말이 짜증나게 들리기 시작한 때는 22살 때부터였다. 그전에도 엄마의 잔소리는 짜증났지만 시간이 너무 오래돼서 그때의 감정이 잘 기억나지 않는다. 대학생활 내내 과 애들의 괴롭힘을 참아오다 스트레스가 폭발해 마지막 한 학기 동안 수업을 거의 참석하지 못했다. 졸업식에도 가지 않았다. 그때부터였다. 엄마는 내가 학교에 가지 않자 학교 안 간다고 매일 다그쳤고, 나에 대한 조언이나 섣부른 오지랖을 듣고 와서 나에게 필요 없는 말을 전하기도 했다. 게다가 사람들과 대화하면서 말하지 못한 감정이나 의견을 나와 오빠에게 표현하기도 했다. 처음에는 조금씩 들어주려고 노력했지만 계속 듣다 보니 짜증이 났다. 이제는 엄마가 무슨 이야기를 시작하면 내가 먼저 짜증을 내면서 말을 끊어버리게 되었다.

오빠는 엄마의 잔소리가 심한 이유가 나에 대한 사랑을 제대로 전달하는 방법을 몰라서 그런 거라고 말했지만, 나는 잘 모르겠다. 그리고 잔소리가 듣기 싫을 때는 자리를 피하는 것도 한 방법이라고 알려주었다. 내가 엄마 잔소리 때문에 머리가 너무 아파 울었을 때였다. 오빠는 엄마와 나를 앉혀 놓고 나도 엄마에게 잔소리할 거 있으면 하라고 했다. 나는 별로 잔소리할 게 없었지만, 평소에 걱정되던 말을 엄마에게 전했다.

"엄마가 사람들한테 이용당하는 것 같을 때는 정말 답답하다. 자꾸 늦은 시간에 술 먹자고 불러내는 사람, 돈 빌려 달라는 사람, 애정을 핑계로 심부름 부탁하는 사람. 엄마를 이용하려는 목적으로 연락하는 사람을 만나지 않았으면 좋겠다. 엄마는 내 학창시절 때처럼 사람들에게 이용당하지 않았으면 좋겠다. 엄마는 나처럼 힘들지 않기를 바란다."

또 다른 어느 날에는 엄마의 잔소리가 얼마나 짜증 나는지 들어보라고 오빠가 녹음을 해서 엄마와 나에게 들려줬다. 평소에는 몰랐는데 엄마 잔소리의 대부분은 우리를 향한 걱정이었다. 녹음 파일을 다 듣고 오빠가 엄마에게 걱정해주는 건 고마운데, 같은 말을 반복하면 듣기 싫어진다고 말했다. 나도 엄마가 걱정해주는 건 고마운데, 억지 강요하는 말투는 듣기 싫다고 전했다.

엄마의 잔소리가 싫긴 해도 나는 늘 엄마에게 고맙다. 새벽부터 밤늦게까지 힘들게 일해 우리를 길러 주신 은혜를 늘 감사히 여기고 있다. 이제 외롭게 혼자 지내는 엄마 곁에 외롭고 우울한 기분을 잊게 해줄 긍정적인 사람, 힘들게 살아온 엄마 곁에 서로 의지할 수 있는 사람들로 풍성했으면 좋겠다.

가끔 짜증나지만 '내 엄마'니까.

 꿈야신
엄마의 잔소리는 나도 듣기 싫어. 했던 말 또 하고, 나도 다 아는 건데 굳이 한마디라도 더 할 때는 간섭 같아 짜증이 난다. 근데 너도 사회생활해보면 엄마의 잔소리에서 애처롭고 찡한 연민을 느끼게 될 거야. 그걸 느끼면서도 막상 똑같은 말이 반복된다 싶으면 나도 모르게 목소리가 커지는 건 어쩔 수 없지만. 내겐 잔소리 알레르기가 있나 봐.^^;;

 글쓰는 청소부 아지매
모모야, 너의 마음을 충분히 다 알지 못했던 것 같아 미안해. 내가 똑같은 말을 반복하는 줄 알면서도 그 상황만 되면 명심했던 마음이 기억나지 않더라. 너의 말, 꼭 명심할게. 좋은 말 많이 해주지 못했는데도 엄마를 생각해줘서 고맙다.♡

　　꿈야신
　　엄마, '사랑한다'고 함(한 번) 말해뿌라!

여성스럽지 않아도
존중해주세요

"좀 여성스럽게 입어라"

만나는 사람들마다 내게 주로 하는 말이다. 나는 그런 말이 듣기 싫다. 무슨 옷을 입든 내가 입는 건데 왜 다른 사람이 강요하는지 모르겠다. 다들 처음에는 조심스럽게 조언을 하듯 말을 꺼내지만 그게 반복되면 어느새 스트레스로 다가온다.

나는 편하면서 심플한 스타일을 좋아한다. 튀는 것을 좋아하지 않아 검정색이나 네이비색 옷을 주로 입는다. 그게 어떨 때는 남성적이거나 중성적으로 보일 수 있겠지만 나는 그냥 그 스타일이 좋다. 사람들은 원피스, 치마, 핫팬츠 등을 입어야 여성스럽다고 생각하는 것 같다. 하지만 나는 남성적이든 여성적이든 상관없이 내 스타일로 입고 싶을 뿐이다.

내 스타일이 남에게 피해를 주는 것도 아닌데 나에 대해서 쉽게 판단하고, 조언한다면서 잔소리하지 않았으면 좋겠다. 조언이나 잔소리는 좀 더 가까워지고 서로를 알아간 다음에 해줬으면 한다. 나는 친해지는데 남들보다 시간이 많이 걸린다. 나는 남들의 말에 약하다. 강요하는 오지랖에 쉽게 상처받기도 하고 갑작스러운 칭찬에 어색하지만 기분이 좋기도 하다. 나는 그것들을 받아들이는 데 시간이 걸린다.

"내 취향입니다."

내 스타일을 지적하는 사람들에게 말해주고 싶다. 다른 사람에게 피해를 주지 않는다면 각자의 취향은 존중해줘야 하지 않을까.

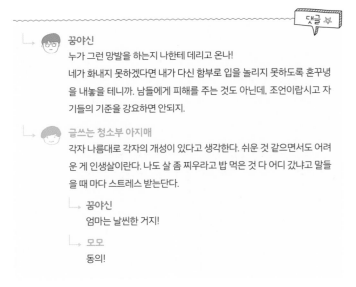

댓글

꿈야신
누가 그런 망발을 하는지 나한테 데리고 온나!
네가 화내지 못하겠다면 내가 다신 함부로 입을 놀리지 못하도록 혼꾸녕을 내놓을 테니까. 남들에게 피해를 주는 것도 아닌데, 조언이랍시고 자기들의 기준을 강요하면 안되지.

글쓰는 청소부 아지매
각자 나름대로 각자의 개성이 있다고 생각한다. 쉬운 것 같으면서도 어려운 게 인생살이란다. 나도 살 좀 찌우라고 밥 먹은 것 다 어디 갔냐고 말들을 때 마다 스트레스 받는단다.

꿈야신
엄마는 날씬한 거지!

모모
동의!

내게 힘을 주는
사람들을 찾아서

나는 사소한 말이라도 예쁘게 해주는 사람들이 좋다.

옷차림에 신경쓴 날 "옷을 예쁘게 입는 것 같다"라고 말해준 아줌마, 작은 선물을 건넸을 때 "고맙다"고 하며 웃는 모습, 취업을 안 한 내가 사정이 어려울까 봐 선물을 받으며 "굳이 주지 않아도 괜찮아"라며 배려하는 말 한 마디에 마음이 따뜻하다.

진로 결정을 잘못한 것을 후회하고 있을 때 상담을 통해 사회복지사로 진로를 바꿔 공부할 수 있는 방법을 알려주신 정예서 선생님, 한 밤중에 두통으로 머리가 아플 때, 내 옆을 지키며 간호해준 엄마나 오빠. 의사표현을 잘 못하는 내가 마음에 쌓였던 응어리를 풀어놓을 수 있었던 글쓰기. 이상한 아이라고 생각할 수 있는 글에도 따뜻한 이해로 댓글을 달아주었던 함성연 동기분들. 감사한 사람들이 참 많다.

그리고 조용히 자신의 일을 열심히 하시는 분들도 참 좋다. 그런 분들은 내게 공격적인 말이나 성급한 조언으로 압박하지 않는다. 나도 그런 방식으로 사람들을 대하고 싶다. 내가 힘을 받은 방식으로.

글쓰는 청소부 아지매
세월이 너무 빨리 지나가는구나. 자기 할 일도 많고 누군가에게 힘이 돼 주고 싶어도 시간적 여유가 안 될 때가 많아서 그런 거라고 생각한다. 좋은 생각을 많이 하게 되면 지성이면 감천이라는 말이 있듯이 참고 기다리는 미덕을 갖고 살다 보면 좋은 날이 오리라고 믿어 보자.

꿈야신
내가 너에게 관심도 없던 글쓰기를 반강제로 추천했던 이유는 글쓰기가 목적이 아니었어. 너에게 힘을 주는 사람, 맘껏 표현해도 받아주는 사람, 여유로운 마음으로 너를 감싸주는 사람, 아픔을 나눌 수 있는 사람을 소개해 주고 싶었어. 사회에서는 바쁘다는 이유로 나 하나 건사하기 힘들어 누군갈 안아줄 기력조차 없는 게 현실이니까. 글쓰기 과제는 매번 빵꾸냈지만 다 괜찮아. 마음으로 서로에게 관심을 보이고 이해해주는 사람들을 알게 됐으니 말이야. 함성연 동기분들 챙기는 너의 모습을 볼 때, 나도 기뻤어.

    글쓰는 청소부 아지매
    네가 아빠 노릇을 하는 것 같기도 하여 미안하고 안쓰럽다.

    꿈야신
    나도 이제 그만하고 오빠로 복귀할려고.

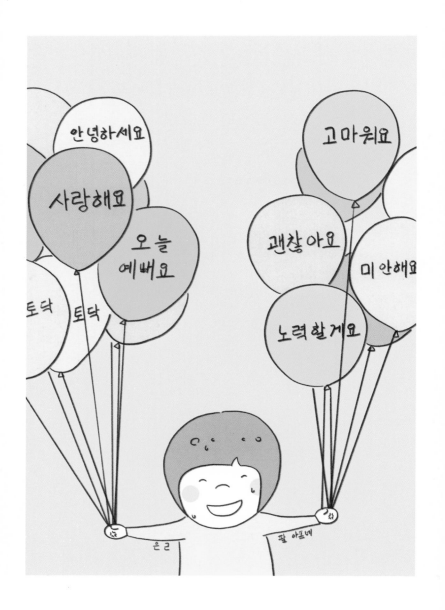

능숙하지 않지만
즐거운 사진가

처음엔 혼자서 사진 찍는 게 재미있었다. 그걸 본 오빠가 사진 수업을 권해주었다. 그래서 사진학교에 참여하게 되었는데, 강의를 듣고 함께 출사를 나가는 것이 좋으면서도 머리가 아팠다. 각도, 4분할, F값, 셔터스피드 등 수업에서 배우는 게 늘어갈수록 사진을 찍을 때마다 신경 쓸 것들이 늘어갔다. 사진을 찍어도 배운 대로 안 찍힌 사진은 모두 삭제하고 나니 남는 사진이 별로 없었다. 그러면서 점점 사진 찍는 횟수도 줄어갔다.

느리게 배우는 내가 적응하기에 사진 수업은 너무 빨랐다. 한 번은 사진 입문반 수업에서 출사를 나갔는데, 사진을 찍다가 보니 사람들이 보이지 않았다. 다들 빠르게 걸으면서 후딱후딱 사진을 찍는 바람에 나만 뒤처진 것이었다. 결국 길을 찾다가 사진을 하나도 못 찍고 집에 돌아왔다. 너무 돌아다녀서 다음날, 온몸이 아파 일어날 수 없었다. 그 이후로는 사람들이 사라지더라도 나 혼자 천천히 사진을 찍고 집에 간다. 혼자 찍는 게 오히려 마음 편하기 때문이다.

나는 김기찬 작가의 〈골목 안 풍경 전집〉처럼 자연스러운 사진을 찍고 싶다. 강아지를 안고 계단을 뛰어내려오는 아이, 골목에 나란히 서서 카메라를 보고 웃고 있는 아이들을 찍은 사진을 보면 기분이 좋아진다.

나는 능숙하지 않지만 즐겁게 사진을 찍고 싶다. 그래서 내 속도를 이해해주는 오빠나 엄마와 함께 사진을 찍는 것이 좋다. 오빠와 야경출사를 나가서 하나하나 새로운 방법으로 사진을 찍으니 느낌 있는 사진을 찍을 수 있었다. 그리고 내가 시키는 포즈대로 있어주는 엄마 덕분에 마음에 드는 사진을 찍을 때도 있었다. 아직은 혼자지만, 즐겁게 사진을 계속 찍다 보면 사진 친구가 생길 날이 오지 않을까.

 글쓰는 청소부 아지매
처음부터 잘 하는 사람이 어디있니. 열심히 배워보렴. 사진 잘 찍는 딸이 될 거라 믿으며, 응원 보낸다.

 꿈야신
그 무거운 삼각대를 둘러메고 한쪽엔 DSLR 카메라를 짊어진 네가 생각난다. 매번 수업 때마다 다리가 붓고 어깨에 피멍이 들면서도 열정적으로 사진에 대해 열변을 토하던 너. 그 순간의 너는 아름다웠다. 나도 사진기가 있다면 그 순간의 너를 찍어주고 싶었어. 집중하는 카리스마 짱!

아르바이트
도전기

학창시절, 옷 매장 아르바이트했었는데, 옷 개는 속도가 느려 당일 바로 잘렸다. 그런데 알바비를 받지 못했다. 옷을 못 갠다고 음식물쓰레기통을 비우는 일을 다 시켜 놓고 하루치 알바비도 안 주다니 지금 생각하니 짜증난다.

또 한번은 집 근처 동전노래방 알바를 했던 적이 있다. 하지만 알바 시작한지 바로 다음날, 늦잠을 자서 잘렸다. 내 잘못이었다. 전날 모임에 나갔다가 늦게 들어왔기 때문이다.

그다음 선택한 알바는 방청객 알바였다. 돈이 적었다. 4~6시간 정도 앉아있는 대신 만 원 이하의 알바비를 받았는데, 오랫동안 앉아 있으니 졸음이 몰려왔다. 나처럼 조는 사람들이 많았는데, 관계자는 나한테만 뭐라고 했다. 아무리 갑을 관계라지만 짜증났다.

이후로는 택배 포장이나 화장품 용기 포장, 도서 운반 같이 당일치기 알바를 주로 했다. 하루 일하고 받는 돈이 많았다. 대부분 친절하게 일하는 법을 알려줬는데, 그 중에 한 곳은 내가 이 일에 적성이 맞지 않다고 하면서 그만두라고 막말을 했다. 그래도 '니가 이기나, 내가 이기나' 하는 마음으로 못들은 척 일하고 알바비를 받아서 집에 왔다. 하지만 그런 알바는 하고 나면 몸이 자꾸 아프고, 모집 공고도 별로 나지 않아 일을 계속 할 수 없었다. 그 후로도 이력서를 많이 보내봤지만, 다 떨어졌는지 연락이 안 왔다. 연락이 안 오니 알바자리를 알아볼 필요성을 못 느꼈고, 점점 무기력해져갔다.

나는 오빠한테 용돈을 받아쓴다. 오빠는 각자 돈을 벌어서 독립을 해야 한다고 알바를 계속 알아보라고 하지만 그게 쉽지 만은 않다. 나도 돈을 벌어서 화장품, 옷, 먹고 싶은 거를 내가 알아서 사고 싶다. 먼 나중이겠지만 내 집도 가지고 싶다. 그래서 계속 알바를 알아보고 있다. 처음엔 오빠가 자꾸 시켜서 했지만, 이제는 내가 사고 싶고, 먹고 싶고, 갖고 싶은 것을 위해서 알바를 하고 돈을 벌려고 한다.

오늘도 알바모집을 보고 이력서를 냈다. 나도 일해서 돈 벌고 싶다.

 글쓰는 청소부 아지매

네가 아르바이트 하는 줄 예전부터 알고 있었다. 네가 처음 아르바이트 하러 가서 다음 날을 기약하지 못하고 그냥 돌아왔을 때 너의 마음은 얼마나 착잡하고 아팠을까 생각해봤다. 돈이 없으면 안 되는 것이지만… 그래도 그렇지, 우유 한 잔이라도 대접해서 보내면 자기들 마음도 편할 텐데 알바비도 안 주고 집에 가라니 너무하구나. 딸아, 옛날 안 좋았던 일은 가급적이면 빨리 잊어버리도록 하자. 그러면 나중에 더 좋은 일이 있을 거야.

꿈야신

너의 알바 도전기는 내가 잘 알지. 가끔 늦잠 자면 내가 깨워주기도 했었지. 올해부터는 좀 더 나은 알바를 할 수 있게 되길 응원한다. 돈 많이 벌어서 사고 싶은 것도 많이 사고 파이팅이다!

나도 누군갈
도울 수 있을까

나는 내향적인 성향이다.

조용히 있어서 어디를 가도 말이 별로 없다는 말을 듣는다. 나는 친해지는 속도가 느린데 사람들은 내향적인 성향을 외향적으로 바꿔야 한다고 말한다. 나는 이런 의사표현을 견딜 만한 힘이 없다. 이런 말을 조심하지 않고 함부로 하는 것은 서로를 배려하지 않는 것 같다. 심리적인 상처를 주기 보다는 차라리 아무 말 안 하는 게 더 나은 것 같다. 외면과 내면의 심리적인 상처를 주지 않는 의사표현을 하면서 서로를 배려했으면 좋겠다.

내가 누군가에게 도움을 줄 수 있을지 모르겠다.

다른 사람들에게 표현을 못하니 매번 사람들 때문에 힘들었던 상황을 가족한테 말하는 게 미안하다. 하지만 그렇게 말하고 나면 기분이 좀 나아진다. 내가 사람들의 의사표현을 견딜 만한 힘이 없어서 사람들을 도와줄 수 있을지 모르겠다. 그래서 그냥 사람들 묻는 말에만 대답하려고 한다. 처음엔 어떤 말이든 들으려고 했는데, 강압적인 조언이나 오지랖은 듣기 싫어 피하고 있다.

힘들지만 조금씩 도움이 될 만한 행동을 하려고 노력하고 있다. 인사를 열심히 하거나, 누군가 마시고 치우지 않은 물 컵을 정리하고, 미끄러질까봐 헬스장 샤워실 바닥의 거품을 제거해준다. 설거지, 청소, 받은 게 있으면 그 만큼 선물하기, 힘들어하면 옆에서 기다려주기, 강압적인 말이 아니라면 듣고 있기 등 크게 돕지는 못해도 도움이 될 만한 행동을 하다 보면 서로 이해할 수 있는 날이 오지 않을까.

 글쓰는 청소부 아지매
너의 생각이 바르고, 정직한 생각을 가지고 있다면 당장 현실이 이뤄지지 않아도 좋은 일이 있는 날이 분명 있을 거라고 믿어본다. 언젠가는 네 생각대로 살다보면 누군가에게 아주 작은 일이라도 도움을 줄 수 있는 날이 올 거라 믿는다. 힘내보자!

 꿈야신
네가 누군가를 생각하는 마음, 너를 생각하는 마음을 간직하고 가꿔가다 보면 분명 누군가에게 도움을 줄 순간을 맞이할 것이라 믿어. 그 마음만으로도 기뻐할 이가 있고, 가만히 얘기를 들어주는 것만으로도 따뜻한 포옹 같은 마음을 느낄 수 있을 거야. 그러니, 너는 그 마음만 간직하면 돼. 의외로 끼리끼리 만난다는 말은 좋은 걸지도 몰라. 너의 진심을 닮은 친구가 생길 거니까.

3장

가족이란
자존감을 얻게 된
아들

그렇게 악바리처럼
원하던 행복은, 가족

우리가 그렇게 원하고 갈구하던 행복의 종착역은 가족이 아닐까 싶다. 사랑을 원하는 것도, 연애를 하는 것도, 돈을 많이 벌려는 것도 하나의 가족을 만들고 지켜 나가려는 것이 아닐까. 가장 사랑하기에 가장 괴로운 상처를 남길 수 있는 게 가족이다. 모든 상처 안에는 사랑의 오해가 담겨 있다.

엄마의 잔소리에는 너는 겪지 않았으면 하는 사랑의 걱정이 담겨 있고, 아버지의 무뚝뚝함에는 가족을 위해 하루 종일 일하고 지쳐 사랑을 다해주지 못하는 아쉬움이 담겨져 있다. 누군들 사랑하는 사람에게 모든 것을 잘해주고 싶지 않을까. 남편에게 아내에게 원하는 사랑만큼 해주고 싶은 사랑이 많지만 현실의 한계에 치여서 다해주지 못한다. 서로를 맘껏 사랑하지 못하는 마음은 오작교를 기다리는 견우와 직녀의 마음과 같지 않을까.

무엇이 행복인줄 모르고, 무엇이 사랑인지 모른 채, 앞만 보며 달려갔던 부모님은 나이가 들어 이제 지쳐 가시는 모습을 보이신다. 함께 모여 웃음꽃 피우는 순간만을 원했지만 그것조차 쉽지 않다는 생각에 부모님은 오늘도 아픈 허리를 숙이고 계신다. 우연히 듣게 된 김진호의 노래 '가족사진'을 들으면서 오래도록 꺼내보지 않아서 어디 있는 지도 모르는 가족앨범을 펼쳐보았다. 가족의 지나온 시간들을 보면서 '부모님은 무엇 때문에 그렇게 열심히 달려오셨을까'라는 생각이 들었다. 나도 사회생활을 하고, 돈을 벌고, 사랑도 하면서 궁금했던 살아가는 이유의 힌트를 얻을 수 있을 것 같았다. 부모님은 하루하루 가족의 목표를 위해서 앞만 보고 달려오셨다고 하셨다. 오직 자식들을 잘 키우고 싶으셨던 것이다. 자신들보다 잘 살기를 바라면서 말이다. 꿈이라는 단어가 생소하신 부모님은 자식을 위한 마음, 하루하루를 살아가는 '인내' 그 자체가 하나의 희망이고 꿈이 아니었을까. 너무 평범하지만 삶에서 많은 시간을 차지하는 가족의 시간은 행복의 단서가 아닐까. 아직은 부부나 부모가 되어보지 못해서 확실히 느껴지지 않지만 나도 부부가 되고 부모가 되면서 알게 되겠지.

　행복하고 즐겁기만 한 가족이 어디 있을까. 엄마도 아버지도 사랑 표현이 어색한 분들이었다. 나는 어른이 되고 스스로 벌어먹고 살면서 책임지는 일들을 경험하며 부모님의 어색한 사랑의 이유를 알게 되었다. 두 분 다 먹고 사느라 힘들어 사랑표현에 인색했지만 삶으로 사랑을 표현해왔다는 것을 알게 되었다. 어느새 나도 나 하나 건사하기도 힘들다 보니 집에 들어와 가족과 대화하기 보단 혼자 쉬고 싶을 때가 많다. 하지만, 그 어려움 속에서도 자식을 책임지겠다는 각오는 큰 용기가 필요했으리라. 노래가사처럼 이 세상에 내가 있다는 것은 누군가 나를 태어날 수 있게 밑거름이 되어주었기에 가능했다는 것을 생각해본다. 책임의 무게를 알고부턴 표현하지 못했던, 무언의 사랑을 이해할 때가 많아졌다. 서로 믿고 짐같이 느껴지기도 하지만 결국 가족은 어찌하지 못하는 정에 이끌리나 보다.

 글쓰는 청소부 아지매

나도 그렇게 원하고 원하던 것은 행복이다. 가족이기에 서로 얽히고 설켜서 얼굴 붉히고 머리 아파하면서도 한 울타리에서 서로 위해주고 다독거리면서 살아가는 거겠지. 그 안에서 애정을 원하고, 남녀의 사랑, 돈을 많이 벌려는 것, 하나의 가족을 만들고 지켜 나가는 노력이 있다고 생각한다. 가족을 아끼고 사랑하면서 제일 괴로운 일도 가족 때문에 발생하더구나. 가장 깊은 상처 안에는 깊고 깊은 사랑과 정이 담겨 있다. 너무 옳은 말이지만 너에게 너무 딱딱하고 짜증나는 잔소리를 한 것 같아 뒤늦게 후회한다. 너무 아끼고 사랑하기에 앞으로 잘해보자는 생각에 내가 너에게 딱딱한 잔소리를 한 것 같구나.

모모

걱정이 돼서 하는 말인 건 알지만 내 앞가림도 잘 안 되는데 엄마의 잔소리까지 듣기에는 무리가 있음. 일단, 나는 엄마랑 짧게 자주 통화할게^.^

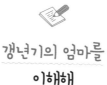

갱년기의 엄마를
이해해

'서로의 차이에 대한 분명한 인식이 없으면서도 우리는 서로를 이해하고 존중하는 일에 별로 시간과 노력을 들이지 않는다. 그래서 성급하게 요구하고 판단하고 원망하게 된다.'

– 〈화성에서 온 남자 금성에서 온 여자〉 중에서

봄비를 예측하지 못하는 일기예보처럼 오늘도 나는 변화무쌍한 엄마의 감정에 놀라곤 한다. 어제 울다가 오늘 웃는 엄마는 나의 상식으로는 이해하기 힘든 점이 너무 많다. 얼마 전에는 엄마가 놀러 가서 찍은 사진을 보며 1시간 넘게 웃고 있었다. 집에만 있던 분이 놀러 갔다는 것도 신기했고, 사진 속에서 환하게 웃고 있는 모습이 보기 좋았다. 그 모습이 어찌나 좋았던지 나는 엄마에게 '여행 보내줄까'라고 물어봤다. 엄마는 의외로 안 가겠다고 거절했다. 대신 돈으로 달라고 했다. 나는 그 말에 섭섭한 기분이 들어 없던 일로 하겠다고 했다. 엄마도 그럼 말을 꺼내지 말지 왜 말했냐고 화를 냈다.

나는 왜 섭섭했던 걸까. 엄마와 한 대화에서 무엇이 어긋났던 걸까. 그 이유는 엄마가 가고 싶은 여행이 아니라 내가 보내주고 싶은 여행이었기 때문이다. 엄마는 남자사람이랑 여행을 가고 싶어 했다. 그러나 내가 여행 보내주고 싶던 사람은 엄마지, 그 돈으로 다른 사람과 여행가는 걸 원한 건 아니었다. 엄마에게 효도하겠다고 했지만 엄마의 입장은 고려하지 않고 내가 원하는 방식을 강요했다. 내 소원에 엄마를 맞추려 했던 것이다. 게다가 이젠 엄마가 나를 별로 신경 쓰지 않는 것 같아 섭섭하기도 했다. 그래도 엄마와 더 이상 감정싸움은 하고 싶지 않았다.

이 외에도 평소에는 자식을 위한 일이라면 수긍하는 자세였던 엄마는 자신의 의견을 고집하려고 할 때가 많아졌다. 처음엔 아무 논리도 없이 땡깡을 부리는 엄마가 답답하고 미웠다. 해야 할 것도 앞으로 걸어가야 할 길도 많이 남았는데 왜 쓸데없는 고집을 피우는지 알 수 없었다. 게다가 내가 보았던 희생적인 엄마가 이기적인 엄마로 변하는 모습은 놀라움의 연속이었다. 하지만 엄마의 입장에서 생각해보면, 엄마는 나이 60세에 이르러서야 자식들이 원하는 것이 아닌 엄마가 원하는 것을 말하게 되었는지 모른다. 나는 엄마의 속마음을 모르고 지내왔던 것일지도 모른다는 생각이 들었다.

〈다시 태어나는 중년〉에서는 '중년이 되면 우리 몸과 뇌는 삶의 균형을 촉구한다. 지나치게 이성적인 사람에게는 자유롭고 융통성 있게 변하도록, 충동적이고 감정적인 사람에게는 좀더 조직적인 자기 훈련을 하도록 목소리를 높인다'고 전하며 갱년기 호르몬 변화를 삶의 균형을 맞추기 위한 긍정적인 효과로 바라보았다. 오랜 세월 동안 엄마는 참고 참으며 속앓이를 많이 했다. 그렇게 쌓였던 속마음이 갱년기가 되어서야 통제를 벗어나 삐져나온 것이다. 주변 친구들도 갱년기를 앓고 있는 엄마 때문에 힘들다고 하소연했다. '도무지 논리적으로 이해할 수 없는 행동을 하신다', '무섭다', '가족들 모두 피해 다닌다'는 말은 갱년기를 겪는 엄마의 변화를 잘 보여준다. 가족 내에서 중요한 역할을 했기에 엄마의 작은 변화에도 가족은 크게 당혹스러워진다. 동시에 가족 내에서 얼마나 큰 존재감이었는지도 알게 된다. 그리고 그만큼 소중한 존재라는 것도.

엄마를 관찰하다 보면 제일 크게 느껴지는 것이 외로움을 하소연한다는 것이다. 한 번도 외롭다는 말을 한 적이 없는 엄마였다. 공허감을 고백하는 엄마를 보면 누구보다 변화에 민감한 사람은 엄마라는 것을 알 수 있었다. 공허감은 공감과 이해를 통해 채워질 수 있다. 도와준다거나 참기보다는 목소리에 귀 기울이는 것이 최우선이었다. 그런데 갑자기 변한(?) 엄마는 평소 쓰지 않던 언어를 썼다. 대화가 안 통하니 나는 우선 엄마의 언어를 익혀야 했다. 1시간 넘게 엄마의 하소연을 듣기도 하고, 엄마가 지인분들과 나들이 갈 때 사진사를 자처하며 따라다니기도 했다. 한동안 따라 다니다 엄마가 체념하듯이 내뱉는 '그래. 다 내 탓이지'라는 말이 '아무도 내 말을 듣질 않는구나. 외롭구나'로 해석되고, 집으로 돌아가실 때마다 하시던 '이제 그만 들어가봐라'는 '너희와 더 오래 있고 싶구나'로 들리기 시작했다. 엄마와 대화할수록 독해실력은 늘어갔고 자연스럽게 엄마가 무엇을 원하는 지도 알게 되었다.

알면 알수록 나는 엄마의 모자란 부분을 옆에서 계속 도와줘야 하는 것이 아님을 알게 되었다. 갱년기는 사춘기와 같은 변화일 뿐인데, 나는 해결하고 치료해야 하는 질병이라는 어긋난 시선으로 보고 있었다. 그냥 나이가 들면서 나타나는 과정일 뿐인데.

 글쓰는 청소부 아지매
너의 말처럼 우리는 서로 이해하고 존중하는 일에 많은 시간과 노력을 기울여야 한다고 생각한다. 내가 너를 배려하지 못했던 것 같구나. 여러모로 물질적 어려움을 지혜롭고 현명하게 극복해 나갈 수 있도록 함께 노력해 보자. 깊은 상념, 고민, 괴로움에 휩싸이다 보니 서로에 대한 배려보다는 물질적으로 요구하게 된 것 같구나. 성의를 무시한 것 미안하게 생각한다.

 모모
여행을 보내준다는 말을 했을 때, 엄마는 오빠의 성의를 먼저 살펴줬으면 좋지 않았을까? 그리고 오빠는 엄마가 하는 말을 좀 더 들어주면 좋았을 거고. 물론 나도.

최상의 효는
없다

'그 비탈진 동네에서 어느새 막판에 몰려 있던 나는 부모와 동네를 버리고 도망치듯이 도쿄로 떠났다. 환청과 환각 속에서 허덕이는 아버지를 버리고, 칼을 든 아버지를 피해 이리저리 도망치는 어머니를 버리고, 의식에 파고드는 촉수 같은 층층 계단의 동네를 버리고, 말 그대로 도망치듯 떠나버렸다. 스무 살 때였다.'

— 〈페코로스, 어머니 만나러 갑니다〉 중에서

1년 전, 나는 엄마를 홀로 남겨두고 서울에 왔다. 홀로 남겨진 엄마의 외로움보다 먹고 살 걱정이 앞섰던 나는 연락 두절일 때가 많았다. 연락 두절인 이유 중에는 엄마의 끊이지 않는 잔소리도 한몫했다. 엄마에게 전화하고 싶지만, 대화하다 보면 짜증이 나는 건 자식의 숙명인가 싶을 때도 있었다. 전화를 끊고 나면 이 내 뭐가 그리 짜증이 났을까 싶었다. 바쁘게 해야 할 건 많은데 자꾸 했던 말을 또 하는 엄마의 말속에는 아들의 책임감을 들쑤시는 뭔가가 있는 게 아닌가 의심했던 적도 있다. 매번 할 일에 쫓기다 보니 엄마에게 여유를 낼 수 없었다. 아니면 '효도해야 하는데'라며 생각만 하고 제대로 실천 못하는 내 괴리감을 콕콕 쑤셔서 그런 것일 수도 있다. 작은 말 한마디가 중요하다고 다짐해도 결국 이 집안의 가난을 같이 벗어나려면 내가 이 집을 일으켜 세워야 한다는 현실을 직시하게 될 때는 다시 힘을 내어 일어설 뿐이다.

엄마는 날이 갈수록 야위어 가고 지금 하는 일을 언제까지 할 수 있을지 모른다. 그렇다고 엄마가 기술을 배웠거나 노후에 용돈이라도 벌 만한 일도 없다. 나는 아직 모아 놓은 돈도 없이 비정규직에 결혼 준비도 해둔 게 없다. 독립에 대한 의지와 엄마의 안타까운 현실을 어디까지 신경 쓸 수 있을지 동분서주할 뿐이다. 이번 어버이날에는 엄마를 모시고 살아야 할지도 모른다는 생각을 했다. 며칠 전, 전화통화 중에 외롭다는 말을 전하는 엄마에게 호기롭게 이번 연휴에 서울에 큰 행사가 있으니 올라와서 구경하라고 했다. 조금 고민하기는 했지만, 내 나름 이것도 효가 아닌가 하는 우쭐한 마음으로 기차표를 예매하며 엄마의 서울 상경길을 준비했다.

행사가 있던 날, 아침부터 동생은 샤워를 하고, 나는 미리 글을 쓰면서 외출 준비를 하고 있는데 밖에서 계속 물소리가 났다. 방문을 여니 엄마는 싱크대를 계속 닦고 계셨다. 녹물이 흘러 싱크대가 더러운 것을 보고는 정성을 다해 닦고 있었던 것이다. 열심히 싱크대를 닦는 엄마의 모습은 괜히 아들 집에서까지 쉬지 않고 노동을 하는 모습으로 보여 불편했다. 그런데 내 입에서 나온 말이 더 가관이었다. "그만해라. 물세 많이 나온다" 방문을 닫고 생각하니 내가 뱉은 말이 어이가 없었다. 뱉은 말을 수정하기 위해 다시 문을 열고 말을 이었다. "아들 집까지 와서 고생하는 모습 보고 싶지 않으니 그만해라."

　물론 여기서 "엄마, 사랑해요"를 말했으면 화룡정점이었겠지만 알면서도 쉽지는 않았다. 여자친구에게는 그렇게 사랑한다는 말을 많이 하면서 엄마한테 사랑한다는 말이 왜 그리 어려운지 모르겠다. 이래서 자식 키워봐야 소용없다고 하나 보다.

　당연한 행동이었던 효는 이제 개인의 선택사항이 되어버렸다. 시대가 바뀌니 문화도 바뀌고, 효도 하나의 문화이니 바뀌는 것도 정상이겠구나 생각된다. 살림살이를 해본 사람은 알 것이다. 한 명에서 두 명으로 늘어난 생활비는 숟가락 하나만 더 놓으면 해결될 일이 아니라는 것을. 다포세대라고 불리는 요즘 세대에게는 효와 꿈은 공존하기 힘든 일이 되어 버렸다. 욕심을 버릴 줄 알자는 다짐을 해봐도 내가 가진 것이 그렇게 많아 보이진 않는다. 연애, 결혼, 출산, 취업, 주택, 인간관계, 희망, 건강, 학업을 포기한다는 것을 의미하는 다포세대에게 효는 항상 아쉬운 항목에 그쳐버린다. 서울에 오셔서 밥맛도 없고 감기 몸살까지 앓던 엄마는 행사에서 외국인과 하이파이브를 했다고 자랑하고, 강강술래를 외치며 춤을 추고 나서 허리 아픈 게 나아졌다며 즐거워하셨다. 그 모습을 보는 내 마음이 뿌듯해졌다. 가족이 함께 살며 시간을 공유한다는 것을 느낄 수 있었다.

'2017년 한국의 성(性) 인지 통계'에 따르면 부모 부양에 대한 견해에서 가족과 정부 사회가 같이 부양해야 한다는 의견은 18.2%(2002년)에서 45.5%로 2배가량 늘었으며, 가족이 부양해야 한다는 의견은 70.7%(2002년)에서 30.8%로 반이상 줄었다. 부모님을 모시고 살면서, 자녀를 양육한다는 것이 신화가 되어버린 다포세대는 가족이 함께 살면서 시간을 공유하는 즐거움을 어떡해야 느낄 수 있을까. 그러려면 출발선부터 다른 가난한 이는 남들보다 몇 배의 효율로 달려야 할 것이다. 하지만, 바쁘게 산다고 되는 일은 아니다. 남들처럼 어느 정도는 쉴 때 쉬어야 과로사하지 않고 살 수 있기 때문이다. 언제 다가올지 모르는 위기도 준비해야 하기에 쉴 틈이 없다.

'효'에 대한 생각도 시대에 따라 변해왔다. 다만, 오해하지 말아야 할 것은 '효'는 시대 변화에 따라 방법은 달랐지만 분명히 존재해왔다는 것이다. 기존의 효를 답습하거나 얽매이지 말고, 본질은 벗어나지 않되 스스로가 현실적으로 행할 수 있는 효를 실천하면 될 것이다. 효는 부모와 자식의 마음이 이어지는 과정이다. 명절이나 기념일마다 뉴스나 인터넷에 선물 순위가 올라온다. 그런데 받고 싶은 선물 1위가 몇 년째 '현금'이다. 게다가 쇼핑몰이나 어르신들 사이에서는 은연중에 어떤 선물이 더 좋다는 비교경쟁을 하기도 한다. 아무리 돈 만한 효도가 없다고 해도, 나는 효도를 경쟁적으로 비교하는 것이 불편하다. 나의 기쁨(효도)이 누군가의 불효가 된다면 효의 참된 가치가 퇴색될 것이다.

효도가 어렵다고 하면서도 부모님이 오래 살았으면 하는 마음은 죽을 때까지 부모님의 자식이고픈 희망이며, 욕심이 아닐까. 나는 홀로 지내야 하는 엄마에게 효도하겠다는 말을 뻔치 좋게 해본다. 다행히 집으로 내려가기 전 통화 중에 '사랑한다'는 말을 전했기에 마음이 조금 가볍다. 현금보다 값진 것은 사랑이라는 뻔한 말로 마무리를 한다. 진심을 다해서.

'여보, 자식들 눈이 시퍼런데 어리석은 짓을 하면 쓰것소. 자식들을 위해서라도 어떻게든 살아야지요. 오래오래 살아야지요. 어떻게든 살아야지요.'

— 〈페코로스, 어머니 만나러 갑니다〉 중에서

글쓰는 청소부 아지매

이 글 읽고 네가 대구 떠나기로 결심한 그 마음 알 것 같구나. 1년 전, 네가 서울로 갈 때 앞이 캄캄했다. 얼마나 눈물을 흘렸는지 모른다. '나의 곁에는 아무도 없구나', '혼자구나' 싶어 혼자서 어떻게 살아갈 수 있을지 상념과 침묵에 잠겼었다. 연락해야 된다는 걸 알면서도 연락 못하는 네 심정은 얼마나 힘들었을까 싶다. 네 깊은 속마음 뒤늦게 충분히 알게 되었구나.

모오

오빠가 그렇게 말한 것은 의사표현을 하는 것이 서툴러서 그랬던 게 아닐까 싶어. 언젠가 진심으로 행동하는 게 서툴지 않은 날이 오면 뱉은 말에 후회할 필요가 없을 거라고 봐.

엄마에게 건넨
무면허 독서처방

엄마 나이 57세.

엄마의 짜증이 늘었다. 아무것도 먹고 싶지 않고 어떤 것도 하고 싶지 않다고 한다. 엄마는 자꾸 얼굴이 화끈거린다고 짜증을 내거나 우울해 하며, 밤새도록 불면증에 시달렸다. 안 그래도 아픈 몸이 더 많이 아프다고 하소연했다. 하지만 나는 항상 바쁘다는 핑계로 엄마의 말을 못 들은 척했다. 솔직히 잔소리 같아 듣기 싫기도 했다.

엄마는 아무도 들어주지 않고 얘기할 곳조차 없는 상황이 얼마나 힘들었을까. 자식을 위해 살아온 세월 동안 얼마나 참고 인내하면서 살아왔을까. 이제는 자신이 살아가는 이유였던 아들, 딸이 엄마의 손길이 없어도 잘 살아가는 성인이 되면서, 엄마에게 참견 그만하고 이제는 엄마도 자신을 위해 살아가라고 충고한다. 하지만 엄마는 '누군가를 위해서는' 살아봤지만 '자신을 위해서는' 살아본 적이 없었다. 아니, 결혼 전에 아리따운 모습이었을 때는 즐겁게 자신을 위해 살았을 것이다. 뒷산에 꽃구경 가서 진달래도 먹고, 친구들과 즐겁게 수다도 나누었을 것이다. 그렇게 좋았던 시절이 그때뿐이라서 그런지 요즘 들어 그 시절을 무척 그리워한다. 엄마에게 한 여자로서의 인생을 찾아드리고 싶다. 엄마도 하고 싶은 것 하면서 즐겁게 세상구경하면서 살도록 해주고 싶다.

그러나 엄마는 자신이 뭘 좋아하는지 무엇을 하고 싶은지 모르겠다고 했다. 오랜 세월 꿈꿀 시간 없이 바삐 살아왔으니 당연히 그럴 테지. 대화를 나누던 중에 엄마가 의외로 궁금증이 많다는 것을 알게 되었다. 엄마의 궁금증을 따라가면서 엄마를 이해하기 시작했다. 하지만, 잦은 야근과 피곤함으로 인해 궁금증의 길을 동행할 시간이 부족했다. 엄마가 스스로 찾을 수 있는 방법을 생각해봤다. 내가 알고 있는 방법 중에 독서만 한 게 없었다. 내가 책을 읽으며 좋은 구절도 만나고, 꿈을 찾았던 방법대로 알려드릴 수밖에 없었다. 그게 내가 현실적으로 도와드릴 수 있는 가장 최선의 방법이었다. "엄마, 책에는 길이 있다"고 말하며, 책을 권해 드렸다.

하지만 엄마에게 독서는 부담스러운 숙제처럼 다가왔던 것 같다. 엄마가 독서에 흥미를 가질 수 있는 방법을 생각해봤다. 분명히 책 안에는 중년의 길도 있을 거라는 확신이 있었다. 포털 사이트에 중년, 폐경기, 50대, 주부 우울증 등 키워드로 검색을 시작했다. 혼자 독서를 한다면 절대 엄마는 책을 읽지 않을 것이다. 독서 감시 목적 1/3, 엄마와 함께 하는 시간을 갖기 위한 목적 1/3, 어떻게든 이 상황을 이겨 나가고 싶은 심정 1/3으로 엄마에게 책을 읽어드리기 시작했다. 혼자서 못 읽으신다면 엄마와 이런저런 수다를 떨면서 책을 읽어드려야겠다고 결심했다. 이렇든 저렇든 엄마가 독서를 통해 힘을 얻었으면 좋겠단 생각으로 밀어붙였다. 함께 독서를 하다 보면 독서만이 아니라 다른 방법들을 발견할 수도 있으니까.

〈다시 태어나는 중년〉이라는 폐경기 여성을 위한 책을 읽어드렸다. 엄마도 나도 갱년기나 폐경기 같은 용어는 모르고 살았기에 대비한다는 마음으로 선택한 책이었다. 그러나 내가 먼저 뻗어버려 끝까지 읽지 못했다. 잦은 야근으로 감기몸살이 걸려 버렸기 때문이다. 그래도 변명을 하자면 눕고 싶었던 적이 수없이 많았지만 더 이상 엄마의 독서를 미룰 수 없다는 일념으로 엄마 옆에 누워 책을 읽어드리기도 했다. 엄마는 하기 싫어서 자는 척도 하고 얼굴을 오만상 구기며 딴청을 피웠다. 그럴 때마다 한 시간 넘는 설득의 말-분명 잔소리였으리라-을 쏟아내며 일단 한 달만 해보자고 꼬셨다. 엄마와 함께 문제를 헤쳐 나가는 독서 모험이 내 야근으로 끊기는 날이 적었으면 하는 바람을 가져본다.

(물론 엄마는 반대의 바람을 가지겠지만.) 엄마가 다시 밝게 웃을 수 있는 날을 기대한다.

엄마 나이 만 60세.

그동안 고생하던 갱년기가 지나갔다. 물론 앞으로 시간이 지나면서 폐경기와 노화과정을 지나야겠지만 힘들어하던 신체 변화와 짜증, 우울함 같은 갱년기 증상은 많이 줄었다. 아니면 내가 독립을 해서 엄마를 자주 못 봐서 모르고 있는 걸지도 모른다. 그래도 앞만 보고 살아가던 엄마가 이제는 나 없이도 지인분들이랑 놀러도 다니고, 뭔가 배워보려고도 하시는 것 같아 마음이 놓인다.

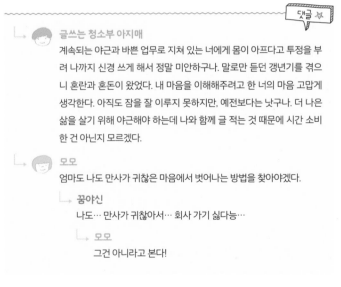

댓글 ☆

┗ 글쓰는 청소부 아지매
계속되는 야근과 바쁜 업무로 지쳐 있는 너에게 몸이 아프다고 투정을 부려 나까지 신경 쓰게 해서 정말 미안하구나. 말로만 듣던 갱년기를 겪으니 혼란과 혼돈이 왔었다. 내 마음을 이해해주려고 한 너의 마음 고맙게 생각한다. 아직도 잠을 잘 이루지 못하지만, 예전보다는 낫구나. 더 나은 삶을 살기 위해 야근해야 하는데 나와 함께 글 적는 것 때문에 시간 소비한 건 아닌지 모르겠다.

┗ 모모
엄마도 나도 만사가 귀찮은 마음에서 벗어나는 방법을 찾아야겠다.

   ┗ 꿈야신
   나도… 만사가 귀찮아서… 회사 가기 싫다능…

      ┗ 모모
      그건 아니라고 본다!

모모 남매의
2인분 스케치

15년 간 왕따를 당했던 한 소녀가 있었다. 매일 학교 가기 싫어 지각을 하기도 하고 무단결석도 많이 했다. 가족은 그런 아이를 보호해주기에는 가난한 삶을 헤쳐 나가기에도 바빴다. 그렇게 소녀는 95kg이 넘는 고도비만이 되어 더욱 심한 따돌림을 당하면서 방안에서 나오지 않게 되었다. 소녀에게 관계는 매번 이용당하고 알 수 없는 괴롭힘을 당하는 것이었다.

그 소녀가 내 동생이다. 물론 나는 소녀의 오빠다.

나는 내가 살기 위해 동생에게 손을 내밀었다. 엄마의 잔소리에 기가 죽어 사는 동생이 안쓰러웠고, 동생이 나이가 들어 30대, 40대가 되어서도 집에서 나오지 못한다면 분명 그 책임은 엄마와 나에게 짐으로 작용할 것이 뻔했다. 동생을 외면할 수도 나부터 살기 위해 가족을 떠날 수도 없었다.

누구에게도 좋아한다는 표현을 받아본 적이 없던 동생에게 친구가 되어주고 싶었다. 언젠가 나보다 친구들과의 약속을 더 소중하게 생각할 날이 오기를 바라며 동생이 혼자 서서 걸어가는데 지지대가 되어 주고 싶었다.

처음부터 쉽지는 않았다. 일단 방에서 나오기 귀찮아 했다. 동생에게 호감을 얻기 위해 무엇을 좋아하는지 관찰했다. 귀여운 이모티콘이나 사진을 선물하기도 하고, 맛있는 음식을 먹으러 가기도 하면서 동생과의 소통을 연구했다. 답답한 순간도 많아서 속에서 화가 치밀어 오를 때가 있었지만 최대한 얘기를 끝까지 들으려고 호흡을 가다듬었다. 나 말고 또래 친구들을 만나게 해주려 각종 프로그램과 모임에 참가시켰지만 동생은 또래무리에서 튕겨져 나왔다. 어쩔 수 없이 함께 다이어트를 하고(33kg이나 뺐다), 같이 여행도 갔다. 내가 활동하던 인문학 연구원에 함께 가면서 동생도 조금씩 글을 쓸 기회가 주어졌는데 글에서 묻어나는 감정들이 솔직하고 정직했다. 그 느낌이 좋아 그림을 그려 동생에게 선물하면서 남매의 2인분 스케치가 시작되었다. 그 이후로 동생이 자신의 감정을 이야기로 풀어내고 내가 옆에 그림을 그렸다. 그러다 보니 엄마 글과 내 글에도 그림을 그려 나가게 되었다.

언젠가 동생이 너무 외롭다고 운 적이 있다. 방에서 휴대폰 게임과 인터넷 빙의글을 본다고 해도 몇 년간 그렇게 방에만 있으면 얼마나 심심하고 외로웠을까. 간혹 모임에 나가도 사람들로 인한 상처가 더 심해질 뿐이었다. 치열한 경쟁사회에서 누군가에게 여유와 관심을 보인다는 건 쉽지 않다. 누군가와의 대화가 간절했던 동생처럼 어딘가에 있을 동생을 닮은 친구들이 생각났다. 동생의 글과 나의 그림이 그 친구들에게 전해져 공감의 위로가 되기를 바랐다. 동생은 아직 세상으로 나오기 위해 수백 번 연습을 하고 있다. 훈계하는 어른, 감정을 호소하는 엄마, 친구 한 명 없는 현실 속에서 공감을 바탕으로 한 발자국씩 서로에게 다가가기 시작했으면 좋겠다.

글쓰는 청소부 아지매

내 딸도 15년 간 무척 힘이 들었겠고 내 아들 역시 마찬가지로 많이 힘이 들었을 거라 생각되는구나. 아들, 네가 보내준 글을 막상 받아서 읽어보니까 옛날 일이 새록새록 생생하게 떠오른다. 모모도 스트레스와 상처, 충격을 받고 우리 가족들도 너무나 어려운 처지에 놓여 있었지. 어려워도 어느 정도라야 말이지. 지푸라기라도 잡는 심정으로 하루하루를 괴로운 마음으로 살면서 어떤 날은 꼬박 눈물로 보내는 날도 있었지. 동생의 마음을 다 알고 있고 너도 해야 할 일도 많잖아. 먹고 사는 삶이 힘드니까 마음은 동생에게 향해 있어도 워낙 어려운 삶을 살고 있었기에 쉽지 않았다는 것 안다. 너의 글을 보니까 눈물이 앞을 가려 글을 더 이상 쓰기가 어렵구나. 정직하게 올바르게 나쁜 생각하지 않고 착하고 성실하게 살다 보면 어느 누구 한 사람이든 우리 가족에게도 아침햇살이 눈부시게 떠오르는 날이 있을 거라 생각하면서 용기 내 웃으며 살아보자꾸나. 쨍하고 해 뜰 날이 있겠지!

가족의 역할,
나의 역할

이 씨네 2개년 성장계획을 확정 짓고 나서 나는 적극적으로 집 안의 성장엔진 역할을 하려고 노력했다. 엄마의 지지자이자 친구, 영웅, 성자, 용기를 주는 아이, 가족 내 평화주의자, 가족 중재자, 광대 등. 다양한 역할을 했다. 이렇게 내가 옆에서 도와줘서 각자가 성장할 수 있다면 그걸로 충분했다. 이런 고생은 바짝 2년만 하면 가족 모두 어느 정도 자립할 수 있는 기반을 마련할 수 있을 것 같았기 때문이다.

가족상담사인 존 브래드쇼는 가족 희생양 역할을 하는 자녀에 대한 연구를 진행한 적이 있다. 그가 나열한 다양한 역할에서 꽤 많은 부분이 내가 하고 있는 역할이었다. 엄마는 항상 무슨 옷을 입거나 의견을 결정할 때 내 방에 와서 살며시 나의 생각들을 묻는다. 그럴 때마다 그런 의견을 묻는 엄마가 불편했다. 하지만 나는 엄마의 친구이자 용기를 주는 아이 역할을 수행하기 위해 엄마의 말을 듣고 동요해준다. 그렇지만 엄마와의 대화는 짜증이 가득 담겨 있다. 동생 또한 무슨 일이나 의견을 물을 때 내게 와서 묻는다. 그 또한 짜증이 담기게 된다. 일주일 동안 3시간 이상 자지 못하고 주말근무에 야근근무, 현장조사 등 쉬는 시간은커녕 잠자는 시간조차 모자라는 날들을 보냈다. 그런데 무슨 말을 듣고 호응해준단 말인가. 하지만 엄마와 동생의 대화상대를 오래하다 보니 노하우가 생겼다. 웬만큼 피곤한 상황에서는 적절한 대응을 할 수 있게 된 것이다. 엄마와 동생의 말을 듣다 보면 무슨 선택을 하든 상관없는 경우가 많다. 그래서 나는 예상 가능한 몇 가지 질문을 던지면서 본인이 정답을 찾도록 돕는다.

가족구성원은 가족관계에서 각자 역할이 정해진다. 그렇지만 누군가에게 역할이 몰려있거나 희생양, 군림하는 자 등의 권력구조가 확고해지면 가족은 남보다 못한 관계가 된다. 가족에게 각자의 역할은 서로를 도우며 성장하거나 쉴 수 있는 공생관계여야 한다. 하지만 자신의 욕구를 가족에게 투영하는 모습을 어느 가족에서나 쉽게 찾아볼 수 있다. 그 예로 부모가 자식에게 자신을 투영한 나머지 지나친 잔소리를 하는 것이나, 자녀의 지나친 의존은 각자의 성장을 방해할 수 있다. 가족이 각자 스스로 홀로서기를 하려면 스스로가 맡고 있는 역할을 이해하는 것부터 시작해야 한다. 너무 많은 역할은 내려놓고, 역할이 적은 사람은 나눠가지는 지혜 또한 발휘해야 한다. 무의식적인 행동들을 의식적으로 바로잡는 노력이 필요하다.

　내가 하지 않으면 가족의 성장은 멈출 것이라는 위기의식이 있었다. 이제서야 조금 괜찮아지고 있다고 생각이 드는데 여기서 힘들다고 멈추거나 도망간다면 가족은 과거보다 더욱 힘든 삶을 보내게 될 것이다. 오히려 더 잘 살수도 있지만, 가능성이 희박하다. 동생은 이제서야 하나씩 자신의 의견을 표현하고 공부라는 것을 시작하게 되었다. 매일 휴대폰을 만지면서 날이 새면 잠들고 오후가 되어서야 일어나서 TV보거나 게임만 하던 삶에서 벗어나고 있다. 그런데 내가 옆에서 지지해주지 않는다면 동생은 다시 과거로 쉽게 돌아갈 위험이 있다. 어머니 또한 이제서야 자신을 가꾸기 시작하고, 공부를 하기는 싫다고 하지만 어떤 학원생보다 출석율이 좋다. 그런데 내가 옆에서 가끔씩 학원에 대해서 물어봐 주지 않는다면 몇 번씩 빠지다가 안 다닐 것이다. 이 정도가 되면 나 스스로 희생양이라고 생각할 수도 있다. 하지만 나는 가족의 희생양이라고 생각하기보다는 우리 가족의 일원이라고 생각한다.

　가족의 문제를 대신 해결해주는 해결사가 아니라 각자가 설 수 있도록 돕는 '그냥 가족'을 지향한다. 이 두 가지 관점의 차이는 각자의 자립을 돕는 것과 그렇지 못하는 것의 차이다. 어머니와 동생은 원석과 같다. 누군가의 작은 도움만 있으면 희망으로 빛

날 수도 있는 존재다. 그런 어머니와 동생을 돕는 것은 내게 가족의 희망을 보여준다. 이 집구석은 이제 세상으로 나아가는데 힘을 주는 든든하고 아늑한 공간이다. 냉랭한 집안 온도가 조금씩 올라가고 있다.

유후~후끈후끈하구만!

 글쓰는 청소부 아지매
안 그래도 일이 많은데 여러 역할을 해야 되는 너는 얼마나 바쁘며 힘들었을까. 충분히 나는 깊은 속마음으로 이해하려고 많은 생각을 했다. 언젠가는 우리 세 사람이 각자 자기 맡은 일 하면서 크게 화기애애하게 웃을 수 있는 날 있으리라 희망을 가져본다!

모모
눈치 없이 의사표현을 했던 것 같아 미안해.

꿈야신
의사표현 실컷 해도 괜찮다니까. 또 미안하다 그러네. 괜.찮.타!
미안하다 대신 사랑한다는 말로 대체해보는 건 어떻노?

모모
그건 싫타!

엄마가 20년 만에
화장한 이유

매주 토요일, 친구 집에 가는 엄마는 오늘도 바쁘게 외출 준비를 하고 있었다. 늦잠을 잔 나는 욕실로 가다가 엄마가 씻고 나오는 모습을 보고 깜짝 놀랐다. 정말 청순하고 예뻤다. 너무 감동한 나머지 엄마에게 '김혜수' 같다고 하자 엄마는 수줍게 웃으면서 못하는 말이 없다면서 뒤로 뺐다. 나는 지금의 엄마 헤어스타일과 비슷한 '김혜수' 사진을 찾아서 보여줬다. 간밤에 광대뼈 때문에 볼 부분이 푹 파인 것 같다고 울적해 하던 엄마에게 '김혜수'와 '김원희'의 광대뼈를 보여주면서 엄마의 미모에 대해 칭찬을 늘어놓았다. 광대뼈가 있는 여성은 고집이 세다는 인식도 있지만 고집이 세다는 것은 자신의 주관을 뚜렷하고 꾸준히 밀고 나가는 멋진 여성이라고 부연설명도 덧붙였다. 더 길어지면 잔소리로 이어질 것 같으니 칭찬도 여기까지.

어젯밤에 엄마랑 북콘서트에 갔던 사진을 보다가 또 긴 연설을 했기 때문이다. 엄마는 북콘서트에서 화려한 경력을 가진 분, 경제적으로 여유 있는 분들과 자신을 비교하면서 많이 위축되어 있었다. 그런 엄마에게 용기를 주고 싶었다. 아니, 엄마는 충분히 가꾸기만 하면 예쁜 원석이라고 생각했다. 그래서 엄마는 이제라도 꾸미고, 하고 싶은 것들도 하면서 멋지게 살아야 되지 않겠냐고 장황한 연설에 시동을 걸었다. 나와 동생을 이렇게 멋지게 키워준 엄마에게 고맙다는 말도 잊지 않았다. 그렇게 나는 진심 어리게 엄마에게 가꾸고, 관리하는 것의 중요성에 대해서 1시간 넘도록 설득했다. 그러다 오늘 아침에 엄마가 머리를 감고 촉촉한 머리결과 자연스러운 반곱슬머리의 펌이 살아있는 것을 보고 이거다 싶었다. 또 다시 엄마에게 거울을 보여주면서 이렇게 저렇게 온갖 수식어를 들어서 엄마의 원석가치에 대해서 이야기했다. 혹시 까먹을까 봐 그 당시 사진도 몇 장 찍어 두었다. 찍은 사진을 보여주면서 머리를 잘못 묶고 다니던 옛날 엄마사진과 비교를 했다. 엄마도 충분히 이해한다는 표정이었다. 누가 봐도 그때와 달라진 건 헤어스타일뿐이지만 지금이 훨씬 낫다는 것을 알 수 있었다.

동생까지 불러 엄마의 현재 헤어스타일에 대해서 물어보았다. 솔직한 건 확실한 동생이 지금이 낫다고 말했다. 생각난 김에 이번에 1박 2일 동안 워크숍을 갈 때 입고 갈 옷 코디에 대해서도 대충 이야기해줬다. 여러 중년 연예인 스타일 사진을 보여주면서

말이다. 이 여세를 몰아 엄마에게 간만에 같이 외식하러 가자고
졸랐다. 옛날 같으면 '돈 아깝게 뭐 하러 그런 거 먹냐'고 했겠지
만 몇 번 외식의 맛을 알고부터 외식에 대한 거부감이 많이 줄어
든 것 같다. 나도 요령이 생겨서 엄마가 자신을 위해 돈 쓰는 것
을 아깝게 느끼기 때문에 아들인 내가 먹고 싶다고 조르는 방식
으로 돌려서 말한다. 워크숍에 가는데 예쁘게 하고 가시라고 곧
다가올 생일 선물로 옷도 같이 보러 가자고 했다. 비싼 옷은 못
사드려도 엄마에게 최적화된 스타일로 골라주는 코디네이터로
따라다니기로 했다.

집을 나서기 전에 엄마의 튀어 나온 머리카락을 정리해주다가
재미있는 것을 포착했다! 엄마가 속눈썹 화장을 한 것이다. 엄마
가 화장한 모습을 본 기억이 가물가물할 정도로 오래 되었다. 분
명 내가 유치원 송년회에 참석할 때 화장을 하셨던 것 같다. 그때
이후로는 화장을 하신 모습을 못 봤던 것 같다. 매일 예쁘게 다듬
은 머리보다는 일하기 편하게 묶은 머리스타일을 선호했고, 화장
보다는 선크림을 잔뜩 바르거나 썬 캡을 쓰고 일하는 모습만 보
았다. 그런 모습을 보며 나는 '우리 엄마도 예뻤으면 좋겠다'는
생각을 했었다.

최근에서야 엄마의 화장하지 않는 진짜 이유를 알게 되었다.
자식들에게 몇 천원이라도 더 쥐어주고 학교 보내기 위해서, 다
른 친구들이 다 쓰는 준비물을 준비하지 못해서 못 배우게 될까

봐 엄마는 그렇게 자신보다 자식에게 뼛속까지 모두 내어주고 있었던 것이다. 그런 엄마가 손이 많이 가는 속눈썹 화장을 했다. 곧바로 그것을 캐치해서 엄마에게 "화장하니 예쁘네"라고 했더니 쑥스러운 미소를 감추기 바빴다. 엄마가 자신의 예쁜 모습을 좋아하시니 아들인 나도 기뻤다.

  엄마가 화장을 하면서 나의 소원도 이루어졌다. 다달이 월세를 내야 하는 부담은 있지만 우리 가족에게 아늑한 13평 집. 그 집에는 나의 콤플렉스가 있다. TV에서나 나오던 못 쓰는 물건을 쌓아둔 '쓰레기 집'이 우리 집 모습이었기 때문이다. 부끄러운 모습을 들킬까봐 집에 친구를 초대하지도 못하고, 택배도 집 밖에서 받았다. 전에 살던 곳에서는 집이 너무 더러워 주인에게 쫓겨나기도 했다. 더러운 집상태가 나의 일부분이 될까봐 겁이 나고 싫었다. 매번 정리를 해도 엄마가 잡동사니로 금방 채우기 일쑤였다. 청소를 하고 나면 "왜 함부로 버렸냐"는 엄마의 짜증난 말투를 하루 종일 들어야 했다. 그랬던 엄마가 집에 쌓인 수많은 물건들을 하나씩 정리하기로 약속한 것이다. 나는 믿기지 않아 동생에게 증인을 서라고 했다.
  최근에 산 새 옷 한 벌과 엄마에게 폭풍처럼 쏟았던 칭찬, 야근 후에도 새벽까지 나누었던 담소가 수년 동안 엄마의 빈 마음을 조금이라도 채워준 것 같아 기쁘고 감사했다. 갑자기 닥친 생활고를 혼자서 해결해야 했던 엄마에게 잡동사니는 한 푼이라도 아

낄 수 있는 필수품이었으며, 스스로에게 줄 수 있는 작은 선물들
이 아니었을까.

드디어 나의 콤플렉스가 해결되었다. 20년 묵은 체증이 내려
가는 것 같았다. 이제는 하나씩 버릴 때가 된 것 같다고 말하는
엄마의 말이 너무 감격스러웠다. 그 동안 포기하지 않고 간절히
원했던 행복한 집에 한 걸음 다가간 것 같았다. 워크숍 전까지 색
조화장품도 사고 화장법을 알려드리고 싶다. 그 아름다움에 엄마
의 자신감도 하늘 높이 날아다닐 수 있도록 말이다.

엄마가 20년 만에 화장을 하던 날, 내 꿈도 이루어진 날이었다.
어느 동영상에서 할머니가 한글을 처음 배우고 쓴 시가 생각난다.

〈화장〉*

아들이 초등학생 때
너희 엄마
참 예쁘시다
친구가 말했다고
기쁜 듯
얘기했던 적이 있어

---

*   할머니 시 출처: http://tvcast.naver.com/v/154465

그 후로 정성껏

아흔 일곱 지금도

화장을 하지

누군가에게

칭찬받고 싶어서

 글쓰는 청소부 아지매
나도 그렇게 하지 않아야 된다는 걸 알고 있지만, 생각만큼 행동이 따르지 않았던 것 같다. 조금이라도 정리하고 나니까 마음이 홀가분하더라.
왜 그렇게 버리는 게 쉽지 않았을까? 그리고 그 날 외식은 꿈에도 생각해보지 못했던 외식이었다.

 모모
오빠, 분위기 파악 못해서 미안하다. 화장과 헤어를 꾸미는 것은 중요한 부분이지. 그리고 물건정리와 청소도 중요하고. 그러니 필요하지 않은 잡동사니를 더 이상 수집하지 말길.

엄마, 과제는
다하고 주무세요

"엄마, 글쓰기 과제 다 했어?"

왠지 오늘쯤에는 과제 다 했는지 체크해야 될 것 같았다. 퇴근하고 집에 들어서자마자 엄마를 불렀던 이유다. 갑자기 안방에서 분주한 소리가 들렸다. 방에 들어서니 엄마가 방 한가운데 웅크리고 자는 척하고 있었다. 누가 봐도 연기하는 티가 뻔히 보이는 낮은 수였다. 나는 엄마가 과제를 하지 않았다고 직감했다. 자는 척하는 것을 알고 있었지만 모르는 척하면서 엄마를 안았다. 엄마는 들키지 않으려고 계속 자는 척을 했다. 이제 곧 환갑인 엄마가 애들이나 쓰는 하수로 나를 속이려 하는 걸 보니, 웃겼다! 웃음소리를 애써 참으며 더 가까이 다가가 양팔의 힘을 모아 엄마를 힘껏 안았다. 결국 버티는 엄마에게 귓속말로 "엄마, 솔직히 고백해라. 과제 안 해서 자는 척하는 거제"하면서 필살의 간지럼을 태웠다. 간지럼에 약한 엄마는 결국 항복할 수밖에 없었다.

이럴 때마다 상황이 웃기면서도 한편으로는 내가 괜히 엄마에게 글쓰기를 강요하고 있는 게 아닌가 하는 걱정이 들 때가 있다. 하지만 어쩌겠는가! 막상 펜과 종이를 주고 주제가 주어지면 어떤 수험생보다 더 몰입해 글을 적는 엄마 모습을 봐버린 것을. 엄마는 걱정과 고민이 많아 자주 우울을 동반한 두통에 시달린다. 그럴 때마다 산책을 하거나, 사람들 만나고 오라고 등 떠밀어도 막상 집에서 꼼짝하지 않고 떠오르는 고민에 잠식된다. 가만히 있어도 걱정과 고민이 계속 떠오른다는 것은 고로 생각이 많다는 것이다. 그 생각에 갇혀 힘들어하는 엄마가 글을 쓰면서 생각을 자유자재로 풀어나가다 보면 스트레스도 줄어들고 성취감도 느낄 수 있을 것이다. 그리고 도망 다니다가도 막상 한편의 글을 쏟아내고 나면 뿌듯해하면서 보고 또 보면서 좋아한다.

엄마, 선생님이 뭐든 처음 배우는 건 어렵다고 했어.
그러니 함께 토닥이며 써봅시다! 장여사~!

 글쓰는 청소부 아지매

글을 적으라고 할 때마다 정말 앞이 캄캄하다. 나는 걱정이 있으면 절대
밖에 외출을 하지 않는 사람이다. 과제를 마무리해야 하는 걸 알지만 몸
과 마음이 따로 행동하니 어쩔 수 없을 때가 많다. 빨리 과제를 마무리하
지 않아서 너에게 피해가 가는 건 아닌가 모르겠다.

  꿈야신

  엄마 걱정 마라! 바쁘게 글 적다 보면 걱정은 싹 사라질 테니까.
  아직 과제가 덜 끝난 것 같은데, 얼마나 했노?

모모

엄마 위에 오빠가 있네.
과제 했는지 안 했는지 관찰하고 있었네.
무서워라, 무서워!.

까칠한 아들과 순진한 엄마의
장거리 독서데이트

"더 이상 화가 날 것 같아 안되겠다. 엄마, 이만 전화 끊을게"

엄마와의 대화는 길게 하면 할수록 화가 난다. 엄마의 불안이 수화기를 통해 저의 머릿속을 가득 채울 때면 유독 까칠하게 전화를 급히 마무리 짓는다. 때로는 꾀병을 연기하기도 한다. 매번 도돌이표 같은 대화는 전화하는 사람을 지치게 한다. 무작정 끊을 수도 계속 들으면서 답할 수도 없다. 그래도 엄마와 소통은 해야겠기에 새로운 소통 창구를 찾아본다.

사실 엄마는 무척 외로울 거다. 함께 생활하던 자식들과 떨어져 혼자서 대구에서 생활하는 엄마를 생각하면 안타깝고 죄송하다는 생각이 든다.

'엄마의 외로움이나 불안을 해결할 방법은 없을까?'

'내가 덜 힘든 방법으로 소통할 수는 없을까?'

고심하다 군 시절에 엄마와 주고받았던 편지가 보였다. 옳거니! 편지라면 짧은 시간 동안 반복되는 화나고 힘 빠지는 대화가 아니라 몇 장의 정갈한 마음만 주고받을 수 있겠지. 게다가 휘발성인 전화통화보다 조금 번거롭더라도 언제나 다시 볼 수 있는 아날로그 감성이 좋겠단 생각이 들었다. 게다가 화가 나서 말 실수하는 일도 없을 것 같았다.

엄마에게 세상의 여러 사람들을 연결해주고 싶다. 여행을 같이 다니면서 여러 만남을 함께 하고 싶은 마음도 있지만 회사를 그만두고 여행을 가는 것은 현실적으로 힘든 일이다. 요즘같이 인터넷이 발달되어 많은 사람들과 간접적으로 만날 수 있으나 스마트폰이나 컴퓨터를 잘 다루지 못하는 엄마에게는 쉽지 않은 방법이기도 하다. 한때는 옆에서 알려드려도 봤지만 이내 손사래를 치셨다. 많이들 가시는 등산모임이나 여행모임을 추천 드려도 싫다고 하시니 쉽지 않다. 고민하던 중 내가 살면서 가장 많은 이를 만나고 도움을 받았던 방법이 생각났다. 바로 독서. 엄마가 세상의 많은 작가들과 대화할 수 있도록 해주고 싶었다. 부족한 나를 대신해서 엄마에게 도움을 줄 사람들을 섭외해 대화를 나눌 수 있도록 해주고 싶었다. 그래서 책을 읽다 감명 깊은 구절을 편지에 실어 보내기 시작했다

부모님이 우리의 어린 시절을 꾸며 주셨으니

우리는 부모님의 말년을 아름답게 꾸며 드려야 한다.

– 생텍쥐페리

집 앞에서 주인집 개가 무서워 매번 엄마를 불러냈던 어린 시절, 재래식 화장실에 신발을 빠뜨리고 엄마를 찾던 때, 친구들과 놀기 위해 안 사도 되는 샤프를 사야 한다고 엄마에게 돈 받았을 때, 서울로 이직할 때 부족한 집세를 빌려주셨을 때 등 힘들 때마다 엄마는 내 삶에 도움을 주셨다. 내가 힘들 때마다 도움닫기가 되어주셨던 것처럼 나이 든 엄마에게 내가 도움닫기가 될 수 있기를 바라며 오늘도 엄마에게 편지를 쓴다.

'엄마, 오늘도 무작정 머리 아프다는 말만 하면서 전화를 끊었네. 우리 사이에 전화는 잘 안 맞는 것 같다. 그래서 이렇게 느리지만 할 말은 다 할 수 있는 편지를 쓴다. 요즘 엄마가 부쩍 고민하는 일이 많은 것 같네. 하지만, 엄마는 당연히 행복하게 될 거다. 아들을 잘 키웠으니까. 하하하. 요즘 엄마가 연애 문제로 힘든 것 같아서 좋은 글이 있어 적어 보낸다.

"네게 반하지 않은 남자는 만나지 마라. 사랑을 하면서 가장 힘든 순간은 나 혼자 사랑을 짊어지기 시작한 순간이 아닐까. 함께 시작한 사랑이건만 사랑이 식어 가는 속도는 서로 다르다. 그녀는 더 깊어지는 사랑을 느끼며 그에게 더 많이 주고 싶어 하나 그는 이유 없이 거리를 두기 시작한다. 더 사랑하는 사람은 약자가 되고, 덜 사랑하는 사람이 관계의 주도권을 쥐고 흔든다. 그러다 어느 날 갑자기 사랑이 끝나 버린다. 더 사랑하는 사람은 떠난 이의 마음을 붙잡기 위해 필사적으로 노력하지만 모두 헛수고일 뿐이다."

— 한성희, 딸에게 보내는 심리학 편지

엄마, 나도 작가 생각과 같다. 엄마는 충분히 매력적인 사람이니까 지금 사랑이 떠나가도 충분히 남자들이 줄을 설 거다. 내가 보장한다. 그러니까 엄마, 걱정하지 말고 할 말 삼키지 말고 자신 있게 다하고 당당하게 엄마의 생각대로 해봐라. 엄마에게 반하지 않은 남자는 나도 반대다. 그리고 답장은 필수다.'

 글쓰는 청소부 아지매
나란 사람, 너무 감성적이라 너의 마음 알면서도 너한테 지나친 말로 몰아붙이며 전화 얘기한 것 다 기억한다. 나의 소심한 성격 탓이랄까. 너는 내가 하는 말 들으면서 얼마나 화도 나고 짜증이 났을까. 다시는 안 그래야지 하면서도 전화로 대화를 하게 되면 또 나의 그 나쁜 성격이 또 들통나고 마네.

모모
더 사랑하는 사람이 약자가 되고 덜 사랑하는 사람이 관계의 주도권을 쥐고 흔든다면 약자도 관계의 주도권도 둘 다 포기한 채, 사랑을 하지 않는 것도 괜찮지 않을까 싶다.

슬퍼 보이는
여인에 대한 사랑

어린 시절, 나는 늘 어두컴컴했던 방과 우울할 때가 많았던 엄마에게서 벗어나고 싶었다. 하지만, 어린 나는 힘이 없었다. 그저 TV드라마 속의 행복한 가정처럼 언젠가 행복한 가족을 가질 거라고 다짐할 뿐이었다. 그래서일까? 어릴 때부터 나는 영화 속 해피엔딩처럼 사랑하는 사람만 만나면 모든 일이 다 해결될 것 같은 환상을 품었던 것 같다. 게다가 사귀면 무조건 결혼까지 헌신한다는 '일편단심'이라는 가치관을 최고로 생각했다. 그 외에도 특이한 성향이 있었는데, 유독 슬퍼 보이는 여자에게 끌렸다는 것이다. 나는 지고지순한 '헌신'을 보여주고 '사랑'이라는 대가를 바랬던 것 같다. 내가 엄마를 통해 배운 유일한 사랑법이었으니까.

프로이트의 '오이디푸스 콤플렉스'와 '동일시'를 통해 남자들은 여자를 만날 때 엄마 같은 여성을 선택한다는 가설이 있다. 그들은 어린 시절, 엄마에게 충족되지 못한 사랑의 희망을 품고 여자친구나 배우자에게 충분히 받지 못한 사랑을 받으려 한다는 것이다. 나 또한 사랑을 받기 위해 온 몸을 다 던져본 경험이 있는 사람이다. 그러나 어린 시절 충족되지 못한 사랑이나 내 문제는 연애를 통해 채워지거나 회복될 수 있는 것이 아니었다. 연애에 앞서 엄마와의 관계회복이 먼저였다.

엄마와 관계회복을 위해 할 수 있는 방법은 일상의 사소한 시간에서 찾을 수 있다. 엄마의 드라마 중계에 맞장구 쳐주고, 오늘 있었던 일을 한 번 물어보고, 5분만 시간 내서 안마해드리는 간단한 행동에서 말이다. 그런 행동을 통해 얻을 수 있는 것은 엄마의 행복감이 가득 담긴 미소이다. 그 미소만으로도 어른이 된 우리는 엄마를 기쁘게 해드렸다는 마음의 안정을 얻을 수 있다. 작은 행동으로도 엄마와의 관계회복에 도움이 되는 것이다. 처음엔 어색하고 힘들 수밖에 없다. 안 하던 행동을 하면 몸에서 새로운 것에 대한 거부반응을 보이기 때문이다. 그럴 때는 열 번의 생각보다는 한 번의 스킨십을 해보자. 나이들어 쭈글쭈글한 주름이 가득한 엄마의 손은 젊고 예쁜 여성의 손과 비교되면서 거북할 수도 있다. 하지만 그 노쇠한 손은 어색할 뿐이다. 그 손은 나와 상관없는 손이 아니라 엄마의 손이다. 그런 손을 몇 번 만지게 되면 알게 된다. 내가 기억하는 엄마의 윤기 나는 손은 온데간데 없고, 푸석하고 주름 가득한 손으로 변해버린 그 손의 의미를.

30년 넘도록 같이 살았지만 어릴 때 마지막으로 만져본 엄마 손의 촉감과 현재의 엄마 손은 20년이 넘는 공백을 가지고 있었다. 푸석하고 주름진 손은 징그러웠다. 나는 엄마의 잔소리가 너무 싫었고, 늙고 아픈 곳이 늘어나는 엄마가 짐처럼 느껴졌던 적이 불과 얼마 전이었다. 그런 엄마를 이해하게 된 계기는 사랑에 대해 공부하기 시작하면서였다. 실연 때문에 시작한 사랑공부에서 찾은 나의 결핍은 가족이었다. 그 중에서도 엄마는 내 부끄러운 부분이었다. 매번 집 정리도 하지 않고, 하소연만 하고, 나이는 드는데 길거리 청소를 하며 폐지를 모아 파는 불안정한 일을 하는 엄마. 그런 엄마가 부끄러웠다. 내게 붙어 다니는 가난은 엄마라는 존재 때문인 것 같았다. 하지만 엄마와의 관계를 회복해야만 나의 자존감이 조금이라도 성장한다는 것을 책을 통해 '이론적'으로 알았다. 그리고 행동으로 옮겼다. 하기 싫었지만 행복해지고 싶었다. 행동하지 않으면 행복은 영영 이루어지지 않을 것 같았다.

먼저 집에 들어오면 엄마에게 90도로 안부 인사를 올렸다. 목에서는 나오기 어색한 '어머니 태어나게 해주셔서 감사합니다'는 말을 기어코 뱉어냈다. 엄마는 멋쩍게 웃었다. 엄마를 존경하거나 감사한 마음이 있어서 그렇게 행동한 것은 아니었다. 다만, 이렇게 책에서 알게 된 것을 행하다 보면 나도 '진짜 사랑'을 할 수 있을 것 같았다. 다른 방법이 없었다. 성장할 수 있고, 행복해질 수 있다는 이기적인 희망을 가지고 모든 행동을 실천했다. 그렇게 몇 개월간 인사를 했더니 엄마의 손을 잡을 수 있었다. 그리고 놀라운 일이 벌어졌다. 손과 얼굴에 새겨진 주름마다 엄마가 나를 위해 얼마나 희생하고 사랑하려고 노력했는지를 알게 되었다. 스킨십은 어색한 사이를 푸는 데 마술과 같은 힘이 있다. 몇 달 동안 손을 잡았더니 엄마에게 안마를 해드리고 간지럼도 태울 수 있게 되었다. 이렇게 하다 보니 이제는 엄마가 변하기 시작했다. 엄마의 말수가 늘었고, 농담도 했다. 난 엄마가 그렇게 웃긴 사람인 줄 모르고 살았다. 요즘은 엄마의 얼굴에 미소가 번지는 것을 자주 볼 수 있다.

엄마와의 관계가 조금씩 변화되면서 나의 결핍된 사랑도 변해갔다. 슬퍼 보이는 여인보다 자신감 있고 밝은 미소를 짓는 여자가 예뻐 보였다. 그동안 자신감 있고 밝은 여자는 강해 보여서 다가가기 두려운 느낌이 있었다. 그러나 엄마를 이해하게 되면서 뭔가를 주면서 사랑을 갈구하던 관계에서 함께 공감하고 존중하는 관계를 지향할 수 있는 용기가 생겨났다.

보들보들했던 손은 이미 주름으로 가득해졌지만 엄마와의 관계회복은 어릴 때 받지 못했던 사랑을 해갈해줄 수 있었다. 여자친구를 위해 많은 돈을 쓴 적은 있지만 엄마에게 투자한 적은 있었던가. 엄마와의 관계회복은 '나'라는 이기적인 목적과 엄마라는 '너'를 위하는 이타적인 목적을 모두 이룰 수 있다. 그렇게 엄마와의 관계가 회복되면 우리는 이제 슬퍼 보이는 여인의 모습이 아닌 상대방의 '있는 그대로'를 볼 수 있는 자긍심과 여유를 가질 수 있을 것이다. 재미있는 영화와 맛있는 식사를 엄마와 단 둘이 먹어본 적이 언제였는지 기억이 나지 않는다면 언제든지 엄마에게 '콜' 해보자.

 글쓰는 청소부 아지매
내가 집 정리를 해야 한다는 걸 알면서도 뒤로 미뤘다. '다음에 해야지'하면서 다음 날로 미뤘다. 미루는 것이 좋지 않은 나쁜 습관인 줄 알면서 또 뒤로 미뤘구나. 나는 오래전부터 너무나 많은 생각을 하면서 하루하루를 살아왔다. 내가 어떤 직업을 선택해야 자식이 마음 편안히 자기 진로의 길을 선택해서 저 넓은 광야에서 자기의 꿈을, 자기가 하고 싶은 일을 펼치는 날이 올 수 있도록 내가 해주어야 되는데 라고 생각하면서 살았어. 그러면서 사랑한다는 말조차 미루고 살았던 것 같아 미안하다.

 모모
가족과의 관계 변화도, 엄마와 오빠의 관계 회복도 응원해. 나도 엄마와 관계회복을 위해 우선 엄마의 잔소리를 피하는 방법부터 알아봐야겠어.ㅎㅎ

잃어버렸던 엄마손.

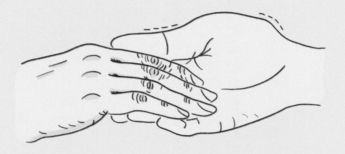

온기를 나눠지고
가는 시간

　내게 가족은 벗어나고 싶은 짐이었다. 이 짐에서 벗어날 수 있다면 무슨 짓이라도 할 수 있었다. 하지만, 가족은 내게 벗어날 수 없는 그 무엇이었다. 벗어날 수 없다면 남들 같이 화목한 가족으로 성장시켜보자고 다짐했다. 그 와중에 엄마와 동생의 성장을 독촉하기도 했다. 그로부터 4년이 지난 오늘, 혼자 일어서지 못하던 동생과 걱정이 일상이었던 엄마는 어느새 내 삶의 따뜻한 존재가 되었다.

　나는 어릴 때부터 돈 때문에 엄마와 아빠가 자주 싸우는 일을 목격했다. 그러면서 막연하게 돈만 있으면 가족이 싸우는 일 없이 살 수 있을 것 같다고 생각했다. 학교 준비물 살 때마다 눈치 보지 않고, 매일 김치만 먹는 게 아니라 남들 다 먹는 콩자반, 국, 진미채볶음, 김 등 3첩 이상의 반찬을 먹고 싶었다. 뿐만 아니라, 아빠는 주인집 눈치 보지 않고 큰 소리로 음악을 들을 수 있고,

엄마는 매달 모자라는 생활비 걱정에 우울해하지 않을 것 같았다. 그랬다면 두 분이 이혼하지 않았을지도 모르겠다. 동생도 돈만 있었다면 왕따를 당하지 않고 자신감 있게 친구들을 사귈 수 있었을지도 모른다. 모든 가족 싸움의 이유가 돈 때문이라고 생각했다.

하지만 우리 집의 문제는 돈보다는 서로의 가치관, 감정, 피곤함 등 복잡한 고리로 얽혀 있었다. 그 중에서도 각자의 결핍과 상처로 인해 대화를 기피했다. 시간이 지날수록 어색함은 커져가고, 한 집에 살았지만 각자 다른 곳을 보면서 살았다. 서로에 대해 모르니 작은 의견충돌에도 짜증과 싸움으로 이어졌다.

차라리 혼자 살고 싶다는 생각을 할 때가 있었다. 내 할 일만 해도 벅찬데 가족까지 신경써야 할 때는 가족이 미뤄 놓고 싶은 과제나 짐 같이 느껴지기도 했다. 야근으로 인해 피곤할 때, 엄마나 동생이 말을 걸면 짜증부터 냈다. 엄마가 신지도 않는 신발을 신발장에 모아두는 모습, 동생이 듣고 싶지 않을 때에도 내게 말을 걸 때 자꾸 얽혀진다는 것 자체가 싫었다. 보통의 가족보다 못해 보이고 가난한 현실을 회피했다. 동생은 맨날 집에서 고도비만이 되어가면서 아파하고, 가난하고 힘든 일밖에 못하는 엄마를 다른 사람에게 들킬까봐 꼭꼭 숨겼다. 하지만 꼭꼭 숨긴다고 현실이 없어지는 것은 아니었다. 숨겨두고 미뤄두었던 가족문제는 꼭 한번씩 터져 나왔다. 그때마다 나는 한꺼번에 터진 문제들을 수습하느라 힘겨웠다.

하지만 그 문제들을 두려워만 하다가 몇 번의 문제해결을 겪고 나니 생각했던 것보다 큰 문제가 아니었다. 그런 생각이 드니 과감하게 짐 같은 가족에서 같이 살아가는 가족구성원으로 변화시키고 성장시키고 싶었다. 그러기 위해서는 가족에게 관심을 가지고 대화도 하고, 함께 외출도 나가고, 하기 싫어하는 것도 할 수 있도록 설득해야 했다. 많은 대화가 오고가면서 동생과 엄마의 속마음을 들었다. 속마음을 듣다보니 알 수 없던 불안이 정확하게 이해되었다. 이제 하나씩 풀어가기만 하면 됐다.

자기가 겪었던 트라우마를 말로 표현할 수 있다면 그 상처는 이제 덜 아프고 통제할 수 있는 상처로 변할 것이다.

－〈가족의 발견〉 중에서

함께 대화하는 시간이 늘어날수록 가족에겐 다 아픈 이유가 있다는 것을 알게 되었다. 엄마는 혼자서 두 자녀를 키우느라 배운 것도 크게 없고, 전업주부로 몇 십 년을 살아오다 보니까 수당이 낮은 단순한 일 밖에 할 수 없었다. 수당이 적으니 당연히 검소하게 생활해야 했다. 동생은 10년 넘게 왕따의 상처를 받으면서도 누구 하나 자신의 입장을 들어주는 이가 없었기에 마음을 닫아갔다. 그 사실을 이해하면서부터 엄마가 나를 키워준 것에 감사하고, 옆에 함께 있는 동생이 소중해졌다. 마음이 바뀌니 그렇게 원하던 행복한 가족의 비밀을 알게 되었다. 가족의 행복은 다른 곳에 있던 것이 아니라 내 옆에 항상 있던 건데 내가 그 가능성을 짐으로 생각하고 회피하고 있었던 거였다.

돌이켜보면 나만의 노력으로 찾아온 행복이 아니었다. 엄마가 대구-서울을 왕복하면서 동기분들과 공부를 하고, 검정고시학원을 다니고, 꾸벅꾸벅 졸면서도 책을 읽고 타자연습을 해나간 것은 다 이유가 있었다. 아들에게 짐이 되지 않고 힘이 되어주려는 엄마의 사랑이 있었다. 그 사랑의 마음으로 아들이 제안하는 일들이 어색하고 힘들었지만 부담감을 이겨내고 행동으로 움직이게 된 원동력이었다. 동생 또한 오빠를 믿고 제안하는 것들을 적극적으로 해나갔다. 그러면서 과거의 힘든 일들이 조금씩 생각나지 않는다는 동생이 너무 대견해 눈물이 아른거린다.

요즘 들어 새 옷을 사거나 월급이 들어왔을 때의 자신감보다 더 근원적인 자신감이 생긴 것 같다. 책 〈가족의 발견〉에서 내가 느낀 자신감의 이유를 이해할 만한 구절을 발견하고 고개를 끄덕였다. '따뜻한 공감의 말 한마디는 상한 감정을 치유하는 능력이 있다. (…) 공감은 다른 사람의 감정을 이해하고 공유하는 능력이다. (…) 대화를 할 때 상대방에게 감정이입을 하면 상대방은 자신이 이해받는다고 느낀다. 그러면 두 사람 간에 신뢰가 쌓인다.'

가족을 숨기고 싶은 존재에서 떳떳하게 소개할 수 있게 되었다. 돈이 많아지거나 가족이 큰 성과를 낸 것도 아니다. 아직도 동생은 취업을 준비하고 있고, 엄마는 여전히 청소일을 하고 있다. 하지만 가족을 바라보는 시선과 의미가 바뀌면서 변화가 시작됐다. 대화가 늘었고, 같이 식사를 하고, 나들이를 나간다. 물론 각자의 홀로서기라는 새로운 여정이 남아있지만, 이제는 함께 걸어가는 시간이 쌓여갈수록 서로의 온기가 힘이 되어주기에 감사하다. 잔소리, 의견충돌, 집안일 나눠 하기, 책임감, 항상 서로를 위하는 마음 등 우리 가족은 오늘도 서로의 온기를 나눠지고 가는 중이다.

이놈의 집구석
내가 들어가나 봐라

초판 발행 2018년 10월 31일

지은이 글쓰는 청소부 아지매와 모모 남매
펴낸이 추미경

책임편집 이민애 / **마케팅** 신용천·송문주 / **디자인** 싱아

펴낸곳 베프북스 / **주소** 경기도 고양시 덕양구 화중로 130번길 48, 6층 603-2호
전화 031-968-9556 / **팩스** 031-968-9557
출판등록 제2014-000296호

ISBN 979-11-86834-72-5 03810

전자우편 befbooks15@naver.com
블로그 http://blog.naver.com/befbooks75
페이스북 https://www.facebook.com/bestfriendbooks75

이 도서의 국립중앙도서관 출판예정도서목록(CIP)은 서지정보유통지원시스템 홈페이지(http://seoji.nl.go.kr)와 국가자료공동목록시스템(http://www.nl.go.kr/kolisnet)에서 이용하실 수 있습니다.(CIP제어번호: CIP2018032720)